追放領主の孤島開拓記

Tuihouryoushu no KotouKaitakuki

秘密のギフト【クラフトスキル】で世界一幸せな領地を目指します!

1

長尾 隆生

Takao Nagao

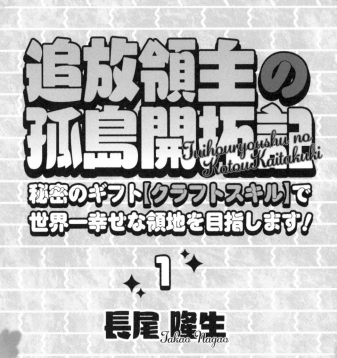

CONTENTS

【 プロローグ 】
わざと追放されよう！

僕はレスト・カイエル。

西大陸最大の国家であるエンハンスド王国の一領地を預かることになった貴族である。

今僕は国に任命され、新たに就任することになった自分の領地に向かう中型の帆船のデッキで星を見上げていた。

「キエダ、まだ島影は見えてこない？」

何処までも広がる夜の海を眺めながら、傍らで望遠鏡と六分儀を手に空を見上げる白髪交じりの男に声をかける。

キエダは僕と母の母子二代にわたって仕えてくれている執事だ。

僕の声に振り向いた彼は、顔の皺をより深くさせて優しげな表情を浮かべ僕の問いに答える。

「そうですな。今計算いたしましたが、あと半日ほどで到着できると思われますぞ」

「まだ半日もあるのか……はやく揺れない地面に下りたいよ……うえっぷ。また吐きそうだ」

外洋に出てから既に幾日も過ぎても、僕は慣れない船旅に未だに時々吐き気を催してしまう。

「とにかく急いでほしい。もうそろそろ限界なんだ」

「と言われましても。現在の風では既にこれで最大船速ですぞ」

「そうなのか。海の上じゃ速いのか遅いのかさっぱりわからないや」

目印が何もない海の上では速度というものはよくわからない。

しかも今は夜だ。

空に輝く星はあまりに遠すぎて、目標にもなりやしない。

「メイドたちに介抱でも頼みますかな？」

「いや止めてくれ。あまり彼女たちにこんな姿は見せたくない」

「ふむ。レスト様は妙なところで格好をつけようとしますな。別に彼女たちにくらいは弱いところを見せても良いと思いますぞ」

キエダは丁寧に六分儀と望遠鏡を立派な鞄にしまいながら苦笑する。

「そういうわけにはいかないさ。僕は彼女たちの主として、これからみんなを纏めて領地を治めていかないといけないんだ。なるべく頼れる主と思われたいってのは当たり前だろ」

「とても貴族社会が嫌で飛び出した方の言葉とは思えませんな」

キエダの言葉に僕は苦笑しながらあの日のことを思い出す。

そう。

僕の名前がレスト・カイエルではなく、レスト・ダインだった半月前のあの日まで、僕はこのエンハンスド王国の上級貴族であるダイン家の跡取りだった。

上級貴族家の跡取りとして厳しく育てられた僕は、貴族の子息が通う学園を卒業し、十八歳になった日に突然の父からの呼び出しを受け、父の書斎へ向かった。

「レスト。お前の跡継ぎとしての身分と、ダイン家の家名を剥奪する」

書斎に入り、なんの話かと口を開きかけた僕に、仕事の手を止め書類から顔を上げた父は突然そう淡々とした声で言い放ったのである。

突然のことに僕は当たり前のように「ど、どうしてですか！」と詰め寄った。

だが、父はまるで赤の他人を見るかのような冷たい目を僕に向けると「お前のような出来損ないがこのダイン家を継げるわけがないと、私がそう判断したからだ」と答え、その視線はすぐに手元の書類へ戻ってしまう。

「そんな……」

話は終わったと全身でそう告げる父を前に僕は何も言えずに口をつぐむしかなかった。

だけど僕は知っていた。

裏で前妻の息子である僕ではなく、腹違いの弟であるバーグスを跡継ぎにしようと暗躍していた継母の策略を。

そして今回のダイン家追放は、その策略の結果だということを。

「わかりました」

僕は父に背を向けると、もう何を言っても仕方がないと思い書斎を出た。

俯きながら父の書斎を後にし、僕は誰にも顔を見せないように肩を震わせながら自分の部屋に向けて長い廊下を歩む。

途中廊下ですれ違った使用人たちの目には、さぞかし僕の姿は悲哀で満ちているように見えていたに違いない。

だけど、僕がそんな演技をしていたのは自らの部屋に入り、扉の鍵を閉めるまでだった。

「やっっっったぁぁぁ!!」

鍵の閉まる音が耳に届いたと同時に、僕は両手を振り上げ叫んだ。

部屋の外にはよほどの大声でも音は漏れないことは調べてある。

なので思う存分大きな声で喜びを爆発させた。

「これで僕は自由だぁっ！」

僕は部屋中を駆け回り、そして無駄に豪華なベッドに飛び込み、意味もなく枕を拳で叩きまくった。

あの僕を目の敵にしている継母は、僕を自らの策略で次期当主の座から引きずり下ろしたつもりでいるだろうが、実は僕がそれを逆に利用してわざと跡継ぎの座を降りたということを知らないだろう。

なぜなら僕はこのダイン家を、上級貴族の家など継ぎたくなかったからだ。

上級貴族社会の慣習や儀礼。

様々なしがらみや義務。

上級貴族の権力を利用しようと擦り寄る有象無象の欲に目が眩んだ者たち。

策謀や欺瞞が蠢く、うわべだけ取り繕った貴族の世界。

強大な権力が手に入る代わりに課せられる様々なシガラミに僕はもううんざりしていたのであった。

「僕なんかよりバーグスのほうがよっぽど次期当主にふさわしいだろうしな」

貴族社会からずっと逃げ出したいと思っていた僕と違って、良くも悪くも弟は貴族としてふさわしい資質を数多く持っている。

清濁併せ呑むことができるあの性格は、きっと父と継母から受け継いだものに違いない。

なので結局は継母が裏で手を回さなくても、自然と周囲は僕より弟を次期当主へ推すようになっただろうと思っている。

ただ、そうなると正当な跡継ぎである僕の派閥と弟の派閥の抗争が表立ち、最悪な事態が引き起こされかねない。

僕が継母の策略にわざと乗っかり、十八歳の成人直前の今行動を起こし、ダイン家を追放されようとした理由の一つはそれもあった。

「まぁ、継母と弟はダイン家の跡取りの座を手に入れて、代わりに僕は自由を手に入れることができたわけだから」

ベッドに腰かけながらこれからの予定を頭の中で組んでいく。

僕が今まで調べた限りだと、上級貴族家から追放された者は、よほどの悪行の結果追放されたのでない限りは無下にはされない。

政治とは一線を引いた、王都から遠く離れた地と適当な爵位を授けられて一生を暮らすには問題ないだけの資金が与えられるというのが通例だ。

簡単に言えば半ば隠居を強いられるということである。

上昇志向や権威欲のある者からすれば苦痛だろうが、僕にとってその待遇は願ったり叶ったりであった。

「これからは貴族社会から離れた所で自由にのんびり暮らすんだ」

追放された隠居扱いの貴族になんて誰も興味を示さない。

もちろんそんな者にすり寄る人もいない。

さらに貴族同士の面倒くさい行事やパーティには、追放された貴族が呼ばれることもない。

「さて、残る問題は何処の田舎へ飛ばされるかってことだけど。今、領主がいなくて国が管轄している所と言えば」

僕の頭の中に一つの領地の名が浮かぶ。

「元カイエル領」

それは僕の母、旧姓エリザ・カイエルが生まれ育った領地である。

カイエル家が治めていたその地は、王国から遠く離れた辺境の領地で、農耕と牧畜が主産業の貧しい場所であったと聞く。

「一度くらいは行ってみたかったな」

自由に行き先が選べるのなら僕は母が愛したそのカイエル領で余生を過ごしたかった。

「このスキルさえあればどんな所でも幸せに暮らしていけるはずだけど、それでもできれば望む場所に行きたいもんだね」

僕には家族や友人にすら教えていない秘密のスキルがある。

それを知っているのはごく僅か。

僕が心から信用している執事のキエダを含めて数人だけだ。

そのスキルと初期資金さえあれば、どんな所に追放されたとしても苦労することはないだろう。

元カイエル領のような寂れた辺境だろうと、領民に苦労をさせず暮らしていけると信じていた。

……だけどこの時の僕は継母のことを甘く見すぎていたと後で思い知ることとなる。

あの女は僕のことをよほど嫌っていたのだろう。

いや、もしかして弟の敵として僕が思っていた以上に警戒され、恐れられていたのかもしれない。

その恐怖心の果て、ただ単に僕を辺境の地へ追放するだけでは安心できなかったらしい。

数日後手渡された辞令を見て、僕は思わず演技することも忘れ叫ぶこととなる。

「どうしてこうなった‼」

その辞令で僕に宣告されたのは、田舎の領地でののんびりした生活などではなく――

王国の広大な版図の南の端にある、王国が開発することを諦めるほどの断崖絶壁に囲まれた凶悪な島でのサバイバル生活だったのである。

これは貴族の家を自主的に追放された青年が、自らのスキルを使い様々な人々や種族を助け、やがて新たな王国を作り上げる物語。

【第一章】
孤島の領地を開発しよう！

「本当にここで間違いない？」

僕は目の前の断崖絶壁を見上げながら、数人のメイドと共に船から荷物を降ろしている途中の執事、キエダに問いかけた。

彼は元々はダイン家当主であるマークス・ダインの従者として働いていて、屋敷の内外から一目置かれる存在であった。

その後、母エリザの従者となり、母の死後は僕の専属執事となった。

なぜ父の下で優秀であったキエダが父の従者から母の従者に変わったのかはわからない。

詳しい話を聞こうとしてもいつも上手くはぐらかされてしまうのだ。

そんなキエダは僕の質問に、いつも通りの優しげな顔で振り返ると答えてくれた。

「間違いありません。ここここそがレスト様がこれから治められる『領地』となる島でございます」

「嘘であってほしかったよ」

真新しい桟橋の上で呟いた僕の言葉は、岸壁に打ち付けられる波の音ですぐにかき消されてしまう。

それほどその島の周りは波が荒く、今僕たちが接舷《せつげん》した入り江の周辺以外は船が近寄ることすら困難なほどである。

「本当にこれが島なのか……船から見た時は全体像が霞んでよくわからなかったけど、一体どれだけの大きさがあるんだ」

接舷する前に遠くから見た島の全景は、その大きさのせいだけでなく、うっすらと周辺にかかった霧のようなもののせいで霞んでいて、結局その全体像が僕にはよくわからないままだったのだ。

「この島が発見された当時、王国が開発と調査を行うために外から計測した記録によりますと、最低でも一〇エバほどの広さがあるとのことでございますな」

エバというのはこの王国での面積の最大単位である。

一エバは王国が建国された当時の王都エバンスの大きさと定義されているが、当時の記録を調べてもズレが大きく実際はよくわかっていないらしい。

ちなみにその下の単位は『メル』といい、大体大人が手を広げたほどの長さで、千メルが一エバとなっている。

結局今では王都の大きさは関係ないのではないかという学説のほうが主流だったりするのだが、それを裏付ける証拠はまだ出てきていない。

ちなみに、当時に比べると王都エバンスは二倍以上の大きさまで拡大している。

「一〇エバか……想像もつかないな。でもそんな巨大な島が手付かずだった理由は大体想像つくけど」

僕は荒れる海と目の前の断崖絶壁を見上げながらそう呟いた。

その崖は王都で一番大きな建造物である王城よりも遥かに高く、見上げていると首が痛くなってくる。

しかもこの巨大な島の周りはそんな断崖絶壁で周りを全て囲まれているという。

「上陸するだけでも大変なのに、さらにこの崖を登って行かなきゃいけないなんて、普通諦めるよね」

「その通りでございます。島で唯一船が接岸できるのは今のところ入り江とも呼べぬようなこの場所だけですからな。持ち込める機材も限られていたでしょうし、開発する手間暇と予算を考えれば放置されても仕方がない地でございましょうな」

「現に僕らがやってくるまでこの島には初期調査隊以外は誰も上陸してないらしいしね」

この島に唯一の入り江にたどり着いた時、僕らが見たのはとんでもなく古い桟橋の残骸だった。

王国がこの島を発見した当時に送り込まれた調査団が作ったと聞いている桟橋だが、それ以来手入れすらされてなかったのだろう。

さすがにそのままでは荷物を降ろすどころか接舷すら無理そうだと思った僕たちは、持って来ていた資材を使って桟橋を改修することにしたのである。

本来なら島に上陸した後の拠点開発用にと持ってきた資材だ。

その作業だが、本来なら人手も時間も必要な作業のはず。

しかしその作業は僕の能力《スキル》を使えば簡単に完了してしまうのである。

さて、そのスキルと呼ばれる能力について説明しよう。

スキルとは世界中の人々が稀に授けられる特別で特殊な力のことだ。

人々はそれを『神が授けた贈り物』だと信じているが、実態はよくわかっていない。

スキルを授かるタイミングは人それぞれで、生まれつきスキルを持つ者もいれば、僕のように後天的になんらかの理由で授かる者もいる。

貴族や庶民、大人や子供、男や女などはまったく関係なく公平に授けられる。

ある人は炎を自由自在に操れたかと思えば、別の人は指先に小さな炎を生み出すことしかできなかったり、足がとんでもなく速くなる人もいれば、少しすばしっこくなった程度の人もいる。

一体どういった基準で授かるのかわからないその力は、長い歴史の中で時に人々を助け、時に争いの種となった。

そんな面倒を嫌っていた僕は、自らが授かったスキルをずっと隠して生きてきた。

それは自分を無能だと思わせ、ダイン家を出るための作戦の一つでもあった。

なので僕のスキルの本当の力を知る者は家臣たちを除けばごく僅かだ。

「でもまぁ、このスキルがなければ僕たちはこの島に上陸すらできなかったかもしれないよね」

僕のスキルの名前は【クラフトスキル】という。

その名称は、授かった瞬間不思議なことに僕の頭の中に自然と浮かんできたものだ。

クラフトスキルを簡単に説明すると、材料や素材を僕自身が所有しているスキルの力が及ぶ範囲に用意してあれば、それを使って様々なものを作り出すことができる能力である。

しかも僕がそのものの『作り方』さえ知っていれば、どんなものでも可能だ。

実際自らの手で作った経験も構造を勉強する必要もなく、何をどうすれば作れるという知識さえわかっていればいいという便利すぎるスキルなのである。

なので僕はこの島にたどり着いて直ぐ、船に積んであった資材とボロボロになっていた桟橋の残骸を素材に、新たな桟橋を【クラフト】したのである。

「しかしあの継母、良くこんなとんでもない領地の存在を知ってたよね」

「全くでございますな。すでに王国内でもこの地のことを知っている者もほぼいないでしょうに」

王国が開発を諦めた理由は、この断崖絶壁だけではなく、当時起こった戦争など様々な原因があるらしい。

だが確実なのはその後王国はこの地には一切手を付けず、調査団が調べた資料が僅かに残るのみだということだ。

なので僕ですら辞令を見るまでこの島のことはほとんど知らなかったのである。

いわんやこの島自体が王国には一つの独立した『領地』と登録されていることなど誰が知っていたのだろうか。

「あの継母のお仲間にそんな知識がある人なんていたっけか」

自分が知る限り彼女の計画に加担した者の中にそんな知恵者がいた覚えはないのだが。

しかし現に僕はこんな誰もが忘れた最果ての巨島に島流し同然に送り込まれてしまっている。

それに一介の辺境領主に落ちぶれた僕にこの辞令を撤回させる力はない。

今さらこの未開の島に送られたことに対してどうしようもないなら、僕の力で開拓すればいいだけだ。

元々僕はダイン家を出た後、辺境領を快適に暮らせる程度まで開拓するつもりだったのだし、それが田舎領地から未開の孤島に変わっただけに過ぎない。

もちろん手間暇は桁違いに増えるだろうが、逆に王国の目の届かない所で好き勝手にできるという利点もある。

それに未開の地を開拓する場合、十年にわたって税金を含め様々な義務が免除されるのも大きい。

その間に十分に足場を固めておけば、その先に左うちわの生活が待っているはずだ。

「それにしても、こんな所までみんなが僕に付いてきてくれたことには本当に感謝してるよ」

僕は崖を見上げていた目線を戻し桟橋へ向けると、一生懸命船から荷物を降ろしている数少ない臣下たちを見ながらそう口にした。

この島についてきてくれたのはダイン家に仕えていた者の中でもたった数名。

それも全員がキエダの部下だった者だけである。

「少数精鋭でございますぞ」

「そうだね……一部あやしいのもいるけど」

僕は荷物を持ってよろけて海に落ちそうになっているメイドの一人をチラ見してからそう応える。

「人には得手不得手というものがありますからな」

「僕も手伝ったほうがいいんじゃないか？」

桟橋をクラフトで作り直して接舷した後、僕も荷物下ろしを手伝うつもりではあった。

だけどそれをキエダにやんわりと断られたのだ。

「……人には得手不得手がございます」

言外に戦力外と言われて僕は口をつぐむしかなかった。

「それじゃあ先にアレの準備をしておくよ」

僕はそれだけ告げてから桟橋の上を歩き島に上陸した。

「狭いな」

その場所は大人が数人もいれば一杯になるような小さな場所で、広場とも呼べないそこがこの島で唯一上陸できる場所だった。

「あれは……縄梯子かな」

見上げるとその正面の崖にはボロボロになった縄梯子の残骸らしき紐がぶら下がっているのが目に入る。

昔、この島に上陸した調査団は、あの縄梯子を荷物を背負って何度も往復したのだとか。

「こんな崖を、国の命令だとしてもあんな梯子だけでよく荷物を持って登ったり下りたりしたもんだ。僕だったらこの崖を登れなんて言われても絶対無理だ」

それに王国が調査のために本格的に派遣した調査団に比べて僕たちは碌《ろく》な装備も持って来てはいない。

そもそも装備があったとしても、僕を含めてほとんどが崖登りの経験などない。

とてもじゃないが彼らと同じように、重い荷物を背負って縄ばしごを登るなんてことはできそうもない。

「レスト様、それではこのようにお願いできますかな」

崖の前で、先人の偉業に身震いしている僕の後ろから声がかかる。

振り返るとキエダが一枚の紙を差し出した格好で立っていた。

そこには何やら細かい数字と設計図らしきものが描かれていて、所々の数字には修正された跡があった。

僕が調査団の偉業に感心している間にキエダが実物に合わせて数字を書き直したのだろう。

「ありがとうキエダ。人には得手不得手があるからね……僕は僕にしかできない仕事をするよ」

そう答えてから僕はもう一度紙に目を落としてから懐にしまい込み、両頬を一度軽く叩いて気合いを入れ直す。

「それじゃあやりますか」

意識を集中するために大きく深呼吸をすると、両手を崖に押し当て、僕は先ほど見た図形を頭に思い浮かべてから――

「いくぞ！　素材化!!」

気合いを込めて大きな声で叫んだ。

本当はスキルの発動にそんな言葉は必要ないのだが、気分の問題である。

気合いを込めたその言葉と同時。

ボコッ。

目の前の崖の一部が突然『消滅』する。

そして、次から次へボコボコボコとその連鎖が続いていくと、やがて僕の目の前に馬車が通れるほどの大きさの『トンネル』が出来上がったのである。

「こんな感じで良いかな？」

「お見事でございます」

キエダがトンネルの中に少し入って行き、その壁面を拳で軽く叩きながらそう言った。

「強度もこのままでも問題なさそうですな」

「それなら今のところは補強とかは後に回しても良いかな」

僕のクラフトスキルには主たる作り出す力とは別の力がある。

それが、今やって見せたように『物体を素材化する力』である。

素材化できる範囲は僕自身を中心にした半径約十メルほどにある物体に限る。

初めてクラフトスキルを得た頃は一メルほどの範囲しか素材化できなかったことを考えると随分成長したものだと思う。

そして便利なことに、この力で素材化したものは僕の中に『素材』として蓄積されるのだ。

現に今、僕の頭の中に浮かぶ素材リストにはかなりの量の『岩』が一瞬で追加された。

それだけ聞くと、便利なスキルとして有名な収納系スキルを思い出す人も多いが、素材化で収納されるのはあくまでも素材だけである。

収納したいもの、それ自体が収納されるわけではないので、例えば本を素材化してしまうと紙になってしまうのだ。

それにどんなものでも素材化できるわけではない。

今まで人目を忍んで僕が様々な物質の素材化を試してきた結果から言うと、特に生き物は素材化できない。

なので土を素材化すると、土の中に住んでいた生き物たちはその場に残される。

ただ生き物というのがどの程度のものまでをいうのかはかなり曖昧で、全ては神の判断によるものだろうと僕は思っている。

他にも薬草など植物はほぼそのまま素材として収納されたりするが、木は丸太や材木になった状態で収納される。

いちいち枝葉を剪定しなくて良いのは楽だが、どちらかを選べるようにできればと時々思う。

これも素材化範囲の拡大化と同じように、訓練していけばいつかは可能になるのだろうか？

「それではレスト様、後はお願いいたしますぞ」

キエダは一通り僕が作った十メルほどのトンネルを確認してから、中の確認のために持っていたランタンを僕に差し出す。

「トンネル作りは初めてだけどなんとか頑張るよ」

その返答に「レスト様なら大丈夫ですぞ」とキエダは言い残し、船のほうへ荷下ろしに戻っていく。

どうやらこれから、荷運びに連れてきた馬と馬車を船から降ろすらしい。

僕はキエダの背中を見送ると、もう一度崖へ振り返る。

「さて、この調子で上までの道を作るぞ！」

そう言って腕まくりをすると、受け取ったランタンで先を照らしながら中に入り、少しずつ螺旋状に上へ上へと続くトンネルを掘り始めたのだった。

＊　＊　＊

トンネルを掘り始めて二日。

これだけ時間がかかっているのにはわけがある。

船で運んできた荷物を運び入れるため、馬車でも上れる程度の緩い傾斜の道を作る必要があったためというのが一番の理由だが、空気取り入れ用に所々崖に向けて穴を開けたり、長いトンネルの途中に休憩所を作ったりを同時にしていたからである。

休憩所についてはとりあえず簡易的なものにしようと決めていたのだが、トンネルの中であっても一時的に過ごすのに問題ない広さと快適性を求めて無駄に凝ったものを作ってしまい時間がかかってしまったのだ。

なんせ中には馬を繋ぐ場所や、簡易的に宿泊できる部屋も完備されている。

あまり凝りすぎて王都から持って来た資財が足りなくなるというキエダの忠告を受けてしまったので、三つ目の休憩所からはトンネル工事で手に入れた素材を利用することにした。

なので基本は石だ。

休憩所は空気取りも兼ねていて、崖の外が見えるようになっているが、魔物の侵入を防ぐために格子状の石窓をクラフトして嵌めてある。

今のところは僕たちを除けばこの島に住む領民は一人もいない。

だけど、今後この領地の開発が進めば、僕と臣下だけでなく外部から移民を受け入れたりしなければならないだろう。

「レスト様、そろそろ片付けて出発いたしましょう」

「ああ、そうしようか。ご飯美味しかったよ」

簡易で作ったテーブルセットに乗った空の食器を片付けながら、僕は重ねた食器をメイド長のテリーヌに手渡し感謝の言葉を告げる。

メイド長といっても貴族家の屋敷にいた頃はメイド長ではなく、キエダの配下——つまり僕専属のメイドたちを束ねる立場の女性だった。

二十代前半の、長髪を頭の後ろで綺麗にまとめているおっとり美人である。

「ありがとう」

彼女は軽く礼をして、僕から食器を受け取ると配下のメイドたちに仕事を振り分ける。

テリーヌから食器を受け取ったフェイルが僕がクラフトした簡易キッチンで軽く食器を水洗いを始め、さっそく何かテリーヌに叱られていた。

十六になったばかりの彼女は、この家臣団の中では最年少。

メイドとしてもまだまだ修行中ではあるが、キエダ曰くいつか化ける逸材だとのこと。

だが、僕が見る限りいつも何かしら失敗をしてはテリーヌに叱られている彼女が化けるとは信じられないのだが。

「少し水が冷たいですぅ」

「この程度で音を上げているようではメイド失格ですよ」

水は僕が大量に【素材】として持っているので、ある程度自由に使うことができる。

ちなみにキッチンやトイレなどの排水はそのまま崖の外へ流れ出て、そのまま海へ廃棄されるように作ってある。

そんなフェイルは今もまたテリーヌから受け取った皿を一枚、僕の見ている前で手を滑らせて割ってしまった。

まぁ、食器がいくら割れようとも僕が素材化してクラフトすれば元通りになるわけだけど。

「じゃあ先に行って続きを掘ってくるよ。それと、そのお皿は僕が後で直すからフェイルは割れた皿の破片だけ集めておいて」

「はいぃ……ごめんなさいですぅ」

消え入りそうな声で謝るフェイルに「気にしないでいいよ」と僕は応えてからその場を去る。

休憩の前までに掘り進めた場所まで歩きながら、頭の中でキエダが描いてくれた図面を思い浮かべた。

多分あの図面に書かれていたキエダの計算だとここが最後の休憩所で、そろそろ上にたどり着くはずだ。

この島は例の調査団による報告書によれば、台形や方形ではなく凹のような形になっているらしい。

つまり島の中から見ると周りを高い山に囲まれているような状態なのだとか。

なので、外で見た壁の高さよりは早く辿り着くはずである。

「じゃあやりますか」

僕は手にしたランタンを地面に置くと、行き止まりの壁に手を付けて、ここまで何度もやり続けたように素材化の力を発動するのだった。

＊　＊　＊

「やっと着いた。これだけずっとスキルを使い続けたのは初めてで疲れたよ」

「いやはや、さすがですレスト様」

もう何度発動したかわからない素材化能力で、やっと僕は島の上層部にたどり着いた。

トンネルの出口に選んだ場所は、調査団の報告書通り全く人の手が入っていない深い森で、周りからは様々な生き物の鳴き声が聞こえてくる。

まさに未開の地といった風景であった。

王都という都会でずっと生まれ育ってきた僕は、これほどの森は初めての体験で、あまりに濃い自然の香りに目眩がする。

「とりあえず周辺を片付けて、調査団の拠点までの道をクラフトするか」

「ですな。このままではさすがに馬車では進めませんぞ」

僕はキエダから調査団の拠点があった場所の方向を聞いて、そちらに向けて簡単な道を作るためにスキルを発動した。

まず目的地に向かう直線上にある木々や草、岩など邪魔になりそうなものを全てを対象として『素材化』を発動する。

素材化したいものを個別に選んだりすることも可能だが、面倒なのでこういう場合は脳内で指定した場所にあるもの全部を一気に対象にして素材化するのが常だ。

「お見事ですレスト様」

キエダが拍手をしながらいつものように僕を褒める。

昔彼に「なんでもかんでも褒めすぎだよ」と照れ隠しで言ったら「褒めて伸ばす教育方針ですので」と言われて微妙な気持ちになったことをふと思い出した。

「自分でもそう思うよ」

なのでわざとそう言って返すことにした。

「しかしいつ見ても不思議な光景ですな」

地面以外、一直線にその場所だけごっそりとものが消え去った跡地には、虫や動物だけがその場に取り残されたかのように存在していた。

そして一瞬後、突然起こった出来事に驚き走り去っていく。

「植物以外の生き物はほとんど素材化できないんだよな。まぁ生き物を素材化できたらそれはそれで怖いんだけど。いきなり肉とかになられてもね」

「しかしそれはそれで便利かもしれませんが」

「間違って範囲内に人とか誰かのペットとかいて巻き込んだら大変じゃないか。さすがに肉になった生き物をもとのようにクラフトできるとは思えないしさ」

「それもそうですな」

「さて、次は道を作るよ。素材の石は一杯あるんだ」

続けて今度はクラフトスキルを使って、ここまで大量に仕入れてきた岩を素材として石畳の道路を一気にクラフトした。

「これなら馬車でも大丈夫かな」

ほぼ凹凸すらない真っ直ぐな直線の道が、十メルほど出来上がる。

「この調子で目的地までお願いしますぞ」

「この方向に真っ直ぐでいいんだよね？」

「調査団の報告書通りであればこの方向で間違いないはずですが」

僕たちが目指しているのは、当時調査団がこの島の調査のために造ったらしい調査拠点跡地である。

これからこの地で僕たちが暮らしていくために必要なのは衣食住。

衣食のほうは王都から持って来たが、住む場所は現地で造る必要がある。

なんせ未開の島では、もとから家があるわけがないのだ。

しかし右も左もわからない場所で突然住処を造るのは難易度が高い。

僕のクラフトスキルを使えば、家を一軒建てるくらいは造作もないが、適当な所に家だけ建てて完成というわけにもいかない。

なので僕たちは先達である調査団が当時造ったという調査拠点を再開発することにしたのである。

「それじゃあ目的地まで一気に造るか。まずは素材化してっと」

素材化して邪魔なものを取り除いてはクラフトで石畳の道を造る。

その行為を何度続けただろうか。

突然森が途切れ、目の前が開けた。

「ここが拠点か」

「間違いなさそうですな」

そこには草に沈みかけてはいるが、確実に人の手によって切り開かれたであろう広い空間と、数軒の朽ちかけた建物が存在していた。

一番大きな建物は調査団の住居兼本部で、もう一軒は倉庫だろうか。

それ以外にも建物の跡らしきものが見えるが既にほぼ残骸と化していて、何がなんだかわからない。

調査団の記録からすると現地で収穫したものを調べるために使われていたという研究棟だろうか。

「ボロボロだね」

「思ったより酷い有様ですな。周りを囲んでいる柵もかなり破損していますし」

元調査団拠点を囲むように丸太を地面に打ち込んで作ったらしいそれは壁というより柵と言ったほうがしっくりくるものだった。

そしてその柵は長い年月を手入れもされず放置されていたために、すでにその役割を全く果たせていない。

「とりあえず簡単に整地だけしながら、柵を直そうか」

「でしたらいっそ、先ほどの石畳のように石を使った壁にしてみてはいかがでしょう？」

「いいね。それなら動物くらいになら壊されないだろうし」

僕は人の背丈ほどもある草で覆われた拠点の中に踏み込むと、素材化範囲にある草と柵を脳内で指定して一気に素材化する。

すると一瞬で半径十メルほどの草が消え去り、草に覆い隠されていた地面が現れる。

確かにそこには人の手によって整地された痕跡があった。

「そりゃっ」

そのまま歩きながらどんどん拠点の中を『掃除』していく。

掃除の最中にも草の下から、調査団が設置したのだろういろいろな器具や置き去られたままの道具が拠点の中で何個か出てくる。

そういったものに関しては、素材化はせずに後で確認してから修理するか素材にしてしまうかを決めることにする。

時代的には前世代の道具だが、仕組みがわかっているものであれば、クラフトスキルで修理すればまだまだ十分に使えるものもあるはずだ。

「こんなもんか」

拠点中を歩いて、目的のものを素材化し終わった僕は、続いて拠点の縁を歩きながら自分の身長より少し高めの石壁を建てていく。

トンネルを掘ったおかげで、石畳の道を百メル以上敷いた後でも素材だけはまだまだ掃いて捨てるほど残っている。

ぽん。

ぽぽん。

ぽんぽん。

リズム良く壁を作りつつ、拠点の四方には出入り可能な門と扉を作っておくのを忘れない。

忘れてもあとでもう一度素材化で消してクラフトし直せば良いだけだが、それも面倒だ。

門扉は木製で、必要なところだけ鉄の部品を使った立派なものを作っておいた。

扉まで石製では、流石に重すぎて開け閉めするだけで大変だからである。

とりあえずトンネルから続く石畳のある方向を正門にして、滑車で引き上げるタイプのものを設置する。

そして他の三箇所は横幅一メルほどの内開きの扉を設置した。

一応荷物の出し入れなどは正門から行うつもりだが、後々周りの調査が進んで必要になれば他の出入り口も拡張したり移動させたりするつもりである。

クラフトスキルを使えば本来は面倒で費用も人出もかかる作業であっても全て簡単に行えるので、今は特に深く考えず作る。

「できた！」

拠点の中の除草と石壁の設置を終えるまで、それほど時間はかからない。

到着した時はあれほど草に沈んで荒れていた元調査団拠点が、見違えるほど綺麗になっていた。

ただ、まだ建物の修復や、転がる器具のチェックは終わっていないが。

「お疲れさまですレスト様。切りの良いところで休憩にいたしませんか？」

額に浮いた汗をハンカチで拭いていると、テリーヌから声がかかった。

声の方向を見ると、拠点の中央にいつの間にかテーブルセットが用意されていて、メイドたちが忙しそうにしている姿が見えた。

テーブルセットやティーセットなどは馬車に積んであったものだ。

その近くでは、メイドのアグニが携帯用魔導コンロを使ってお湯を沸かしている。

アグニは三人のメイドの中では中堅で、フェイルのようなミスをしているところを僕は一度も見たことがない。

というよりも、彼女が何か失敗をしたという話すら聞かない。

完璧なメイド。それが僕の彼女に対する評価である。

ただ、普段は口数が少なく、言葉足らずなところもあり、あまり自分のことを話さない彼女とは、今でもなかなか距離感が掴めないでいる。

テリーヌ、アグニ、フェイル。

そして執事のキエダ。

この四人が、今の僕の臣下の全てだ。

新しい領地に赴任する新領主。

その家臣団としては異常とも言える少なさである。

もちろん他にも人を連れてこようと思えば連れてくることはできた。

だけど心から信頼できる臣下……いや、仲間だけと僕は旅立つことを決めた。

それにはいくつか理由もある。

特に大きいのは僕の能力である『クラフトスキル』のことだ。

前にも言ったが、このスキルのことを知っているのはごく僅かな者だけである。

具体的に言えば今ここにいるみんなと、あとは信頼できる数人のみだ。

このスキルを授かった時、一番最初に相談を持ちかけたのがキエダと母の二人にだった。

その頃の母は、病のせいで既にベッドの上から動くこともできず、キエダたちが常に看病に付き添っていた。

そんな二人に僕は自分が授かったクラフトスキルのことを伝えたのである。

僕の話を聞き終えた二人は、何やら僅かばかり言葉を交わし合うと僕に『そのスキルのことはできるだけ秘密にしておきなさい』と忠告をくれた。

その時はどうしてだか理解できなかったが、後に母が亡くなり、貴族社会という魑魅魍魎蠢く社会が僕の目の前に現れた時に、母とキエダがなぜあの時僕にああ言ったのかを理解したのだった。

そう。

僕の『クラフトスキル』はあまりに強力で、他に類を見ない力であり、この力を知られれば子供の僕では抗えない事態に襲われるのが目に見えていたからなのだと。

もしかしたら、結果的に僕がこの未開の最果ての島へ飛ばされたのは幸運だったかもしれない。

なぜなら、ここなら誰の目を気にすることなく僕の『クラフトスキル』を思う存分使うことができるからだ。

島流しなんて最悪だと思っていたけれど、ただの辺境に飛ばされるよりはよっぽど良いじゃないか。

僕は今さらながらそのことに気がつくと、何か肩の荷が一気に下りたような気がした。

「レスト様。早くいらっしゃらないと茶が冷めてしまいますぞ」

再度僕を呼んだのは先ほどと違いキエダだ。

いつの間にか馬車のほうの片付けを終えたのか、テーブルの側で三人のメイドたちと共に僕がやってくるのを待っている。

「ごめん。今いくよ！」

僕は信頼する仲間たちに向かって大きく手を振って応えると急ぎ足で向かう。

「さぁレスト様、こちらへどうぞです」

「ありがとうフェイル」

テーブルのところについたと同時にフェイルが椅子を引いて僕を出迎えてくれた。

せっかくなのでその椅子に僕が座ると、そのまま対面にフェイルが座る。

どうやら僕を出迎えるのが彼女の最後の仕事だったのだろう。

「……フェイル、どうしてあなたまで座るのです？」

そんなフェイルを見てアグニが冷たい声で尋ねた。

確かに普通の貴族と使用人の立場であればフェイルの行動は許されないことだろう。

だけど僕はそういった杓子定規なことが苦手でこんな辺境の島までやって来た。

なので彼女たちにもキエダにも主従関係ではあっても、なるべく家族のように接してほしいと伝えてあるのは前に話したとおりだ。

「ぶーぶー。アグニは厳しすぎるです。それにフェイルはテリーヌにもう座っててほしいって言われたです」

「……テリーヌに？」

アグニは一瞬だけお茶の準備をしているテリーヌに目を向けて、その彼女の足下に視線を動かす。

僕も釣られて目を向けると、そこには食器の残骸らしきものが入った木箱が置かれていた。

「……なるほど、わかりました。フェイル、あなたはもう何もしないで」

「はーいですぅ」

元気よく手を上げて返事をするフェイルをアグニは呆れたような顔で一瞥すると、自らの仕事に戻っていく。

テリーヌは紅茶を、アグニがお菓子をそれぞれ準備し終えるとテーブルの上に並べ出す。

「実に良い香りですな」

「ええ、実はこの日のために行きつけのお店で一番の茶葉を用意していただきましたの」

「へぇ、テリーヌが行きつけの店か。さぞかし良いお店なんだろうね」

「はい。知る人ぞ知るお店で、お忍びで貴族様もよく買いに来られるらしいのです」

テリーヌは嬉しそうにティーポットを傾け、僕のティーカップにその自慢の紅茶を注いでいく。

キエダの言うとおり、ふんわりと優しい香りが鼻腔をくすぐる。

僅かに漂う柑橘系の香りは、先ほどまでの作業で疲れた心を優しく癒やしてくれた。

「テリーヌの紅茶も美味しそうだけど、アグニのクッキーも美味しそうだ」

「……クッキーの材料はこれで全て使い尽くした。少し足りない材料もあったけど、他の食材でカバーできたと思う。だからじっくり味わってほしい」

ちょっとだけぶっきらぼうに告げるアグニだったが、彼女の料理の腕は信頼している。

そうしてクッキーから香る甘い香りと、紅茶の柑橘系の香りが混ざり合い、テーブルの上のささやかなお茶会は始まった。

皆が席に着き、これからのこの地について語り合いながらクッキーをつまみ紅茶を飲む。

暖かな日差しの下、嬉しそうな皆の顔を見る。

こんな所まで付いてきてくれた四人。

この仲間たちの期待に応えるためにも、将来ゆったりまったり過ごすためにも、今はもっと頑張らないといけない。

そう胸に誓ったのだった。

＊　＊　＊

「この辺りはこの高さの壁を越えてくるような魔物はいないって調査書にも書いてあったし、これで安心して拠点の中を調べることができるな」

「我々が建物の中を調べている最中に魔物に襲われる心配が減りますしな」

キエダが調べた過去の調査団の報告書によると、この島の魔物や獣は他の土地で見られる同種族より強くて凶暴なのだという。

外界から隔離された状態で進化したため、特殊な進化をしたのではないか。

調査団に同行した専門家はそう推測したそうだ。

非常に興味深い場所であるため、長期間の調査を王国上層部に求めた彼らであったが、しかしその調査団の計画は早々に頓挫することとなった。

「ガルド帝国との戦争のせいだね」

当時王国は、同じ西大陸の隣接した国であるガルド帝国と一触即発の状況であった。

国境沿いでの小さな小競り合いは日常茶飯事。

二国間の仲は日増しに悪化し、いつ全面戦争が起こってもおかしくない状況だった。

そして運悪く、調査団がこの島の本格的な調査を上申した直後、恐れていた戦争が始まってしまったのである。

ガルド帝国側の、奇襲にも近い形で始まったこの戦争は、当初王国側は守勢に回らざるを得ないような状況で、とてもではないが南の孤島の研究などその大事の前に吹き飛ばされてしまった。

調査団はそれでもこの興味深い島の研究調査を進めるべく動いたものの、王国にとっては特に重要でもない、手間と費用だけがかかる場所の島の調査になど予算は回されることもなく、やがて戦争の激化とともに忘れ去られることになった。

「そして残ったのがこの廃墟ってことか」

調査団本部と思われるその建物の外観は既に人が住めるような状態を遙かに下回っている。

屋根も崩れて二階部分の半分はなくなっており、正面の扉も壊れて地面に無残な屍をさらしている。

扉がなくなり開け放たれたまま放置されて長いらしく、玄関の中や廊下の見える範囲は泥や何かの残骸で使い物にならなくなっていた。

「塀が壊れたせいで建物の中に獣でも入り込んで荒らしたのでしょう。部屋もさぞ酷いことになっていましょう」

「とりあえず素材化するまえに一応中を確認しておくよ。何か残ってるかもしれないし」

僕は足下を注意しながら残骸を除けつつ、ボロボロになっている玄関から建物の中に入る。

予想通りそこら中床板も壊れ、上を見上げると二階建ての建物で、吹き抜け構造でもないというのに空が見えていた。

外から見た時からわかっていたことだが、二階はほぼ壊れているようで調べることはできなさそうだ。

「階段……も、ほとんど崩れかけているな」

屋根がなくなり、直接降り込んだ雨のせいだろうか。

ボロボロになった階段に試しに片足を乗せてみる。

パキッ。

力を入れたわけでもないのに、階段の板に一瞬で亀裂が走った。

「これでは流石に上るのは無理でしょうな」

「階段をクラフトすれば上ることはできるだろうけど、あれだけ壊れていたら上に何かあってももう手遅れだろうし諦めよう」

キエダとそんな会話をしながら奥へ進む。

記録だと二階が団員たちの宿舎になっていて、一階は事務所やキッチン兼食堂など共有の部屋という造りで、他にも会議室や団長など上官の執務室は一階にあったらしい。

「個人の部屋よりも、団長室とか会議室のほうが何か残っているかもしれませんな」

「そうだね。他にも倉庫とかに資料か何かあるかも」

「残留部隊も戦争のせいで急にこの地を離れることになったようですし、あの崖というか山を何度も往復できないでしょうから」

「いろいろなものは置きっぱなしってことだよね。外にもいろいろなものが放置されてたし」

「しかし大抵のものは既に朽ちておりますがな」

「そこら中に穴が開いているからしかたない。でもまだ無事な部屋もあるだろうし探そうか」

僕はキエダにそう応えると二人で手分けしてそれらしき部屋を探す。

二階の床は下から見ても穴だらけで、空も見える状況だ。

だけど一階部分はまだなんとか形を保っている場所がほとんどだ。

奇跡的に窓ガラスも割れていない部屋も何個かあったが、これといってめぼしいものは見つからない。

僅かばかり落胆しながら僕は一番奥、廊下の行き止まりの部屋の前に立った。

「この団長室で最後か。何かあると良いけど」

部屋の扉にはうっすらと消えかけの文字で『団長室』と書かれた木の板が打ち付けられている。

古いものの、団長室の扉は様々な破壊から逃れているようで、他の部屋では既に壊れて意味を成していなかった鍵がきちんとかかっているようで、ノブを回しても開く気配がなかった。

「鍵がかかっているみたいだ」

「扉ごと壊しますか?」

「いや、あまりこの建物に衝撃を与えるのは良くないから、鍵をクラフトするよ」

僕は鍵穴を覗き込みながらキエダにそう答える。

このノブに使われている鍵自体は、王国で今でもよく使われているものだ。

「よし。この形の鍵なら作ったことがあるからいけるな」

「レスト様。いつの間にそんな盗賊のようなことを?」

「ちょっと学校でね。あそこでも同じ仕組みの鍵が使われていたからさ」

「詳しく教えていただけますでしょうか? いったいなんのためにそのようなことを」

「あ、後にしてよ。今はここを開けることが先」

僕はキエダの問いかけを遮って鍵穴の奥をもう一度確認してから顔を離す。

そして鍵穴に手をかざし「クラフト」と小さく呟くと、同時に手から何かが伸びていく感覚が伝わってくる。

「これは興味深いですな」

キエダが僕の手に現れた鍵を見て声を上げた。

あっという間に出来上がった鍵は特に装飾もなくて、一本の棒の先に凸凹な形が形成されているだけの物だ。

「開けるよ」

僕はそう言いながら、その鍵を鍵穴に差し込んで回す。

少し錆び付いているのか抵抗を感じたけれど、すぐにがちゃりという小さな音と共に鍵が開いた感覚が伝わってくる。

「成功ですな」

「じゃあ中を拝見っと」

ゆっくりと扉を開くと中を覗く。

部屋の中は外とは違い、ほとんど荒れていない状態のままで、そこだけまるで時が止まったかのように思えた。

「お邪魔します」

一歩中に足を踏み入れると、足下の床板はきしみを上げ、埃《ほこり》が舞い上がる。

「僕がこっちを調べるから、キエダはそっちを調べて」

「わかりましたぞ」

僕たちは、なるべく埃を巻き上げないように気をつけながら部屋の中を調べていく。

元はいろいろなものが並んでいたかもしれない棚は空っぽで、一通り調べても何か隠されているようには思えない。

「ここも外れかな？」

「後はこの机くらいですぞ」

残ったのは窓際に置かれた団長が使っていたと思われる執務机だけ。

その机の引き出しを全て開けてはみたものの――。

「何にも入ってないですな」

「まぁ、なければないでかまわないけど」

途中から宝探し気分になっていた僕は、成果なしという結果に落胆しつつも、そう口にする。

「それじゃあ外に出て全部素材化しようか」

「そうですな……おや？」

探索したせいで埃っぽくなった場所から急いで退散しようとした僕の耳に、キエダのそんな声が聞こえて振り返る。

するとキエダが先ほど調べた机の下に手を突っ込んでいるのが目に入った。

「何をしているの？」

「いえ、部屋を出る前に机の引き出しを戻しておこうとしたのですが」

「どうせ全部素材化で素材になるんだから、今さらそんなことしなくても良いのに」

キエダの律儀さに僕は呆れつつも彼に近寄る。

「戻そうとしましたら何やら下にものが落ちた音がしましたので……これですな」

彼が机の下から手を引き抜くと、その手には一冊の手帳らしきものが握られていて。

「手帳」

「どうやら撤退の時に、引き出しの奥にでも引っかかってしまっていたせいで見つからなかったのかもしれませんな」

「何が書いてあるんだろう」

僕はキエダからその手帳を受け取ると、埃舞う部屋の中でゆっくりと開いた。

キエダが見つけたのは、調査団の隊長が調査の内容を書き記していた手帳のようだった。

綺麗に清書されたものではなく、手に入れた情報を一時的にメモするために使っていたのだろう。

「字が雑だな」

「これを元に報告書などを書いていたのでしょう。報告書にまとめる前に集まった情報を玉石混交状態で、自分が読めればいいと書き出しただけのもののようですな」

僕はキエダと二人がかりで、手帳の内容の解読にかかった。

団長の文字は特徴的で、慣れるまで最初は手間取った。

その結果、内容の大半は既に王国に残る報告書にまとめられている内容と同じものだったということがわかった。

それ以外は報告書にまとめるには情報不足で確実性がなく、報告する必要がないと切り捨てられた、特にこれといって珍しいものではない内容だった。

「さて、残るは最後のページだけど……その前のページは千切られているね」

最後の一ページ。

その前のページが無造作に引きちぎられてなくなっている。

「書きミスでもしたのかな？」

「かもしれませんな」

ないものは仕方がない。

僕は手帳の残った最後の一ページを開く。

ここまでの内容は、期待したものからかけ離れた内容ばかりで、僕は既にこの手帳に興味をなくしかけていた。

だけど――

「ん？」

最後のページを開いた瞬間、その見開きに書かれていた内容を目にして興味を取り戻した。

なぜならそこには、今まで僕が知る限り調査団の報告書には書かれていなかった内容が記されていたからである。

「キエダ。これは報告書にもどこにも書かれてなかったよね？」

「私の記憶にもありませんな。レスト様も知らないとなると、確実に報告書には書かれていないものに違いないでしょう」

それに……。

キエダは手帳を覗き込みながら、その声音に僅かの驚きを乗せて呟く。

「この報告が真実であったならとんでもないことですぞ」

手帳の最後の一ページ。

そこにはたった一文だけ、こう記されていた。

『第三調査団の報告ではこの島には先住民がいる可能性があるとのこと。調査の延長が必要か？』

しかし、その一文の上には一本の取り消し線が引かれていた。

つまり最終的に団長はこの情報は信頼に値しないと判断したのだろうか。

「この島には、僕ら以外にも人がいる可能性があるのか」

「ですが取り消し線で消されているうえに、報告書に書かれていないということは結局この話は何かの見間違い。もしくは誤報なのかもしれませんぞ」

確かにその報告の内容がこの手帳だけではわからないのでなんとも言えない。

団員の一人が、獣の影を人と見間違えたとか、もしくは別の団員の姿を誤認したという可能性もある。

だけど僕はなぜかその一文を一笑に付すことができなかった。

「でも、この島だって周りが断崖絶壁だといっても人が入れないわけじゃないでしょ。現に調査団も僕らも上陸できているわけだし」

「それはそうですが」

「もしかしたら僕のようにこの島に上陸できる何かギフトを持った人がいたかもしれない。他にも王国以外の国が過去にこの島に来ていた可能性もあるじゃない」

あくまでも可能性の話だ。

島の周りを調査した部隊の報告書によれば、この島の周囲には今まで誰かが上陸したような痕跡はなかったらしい。

そして彼らが徹底的に調べ、やっと見つけたのがあの桟橋を作った場所だけだったという。

「では我々以外にも、この地には誰かいるという前提でこれからは行動するということでよろしいでしょうか？」

「そうだね。こんな所だから慎重に行動したほうが良いと思う」

それに、もし先住民がいたとしても、話が通じる相手とは限らない。

場合によっては突然襲われる可能性もあるのだ。

そして話が通じたとしても、この地は王国の領地だと突然言われて素直に領民になってくれるとも思えない。

自分が逆の立場で考えれば当たり前のことだ。

それでも、できれば友好的な相手であってほしいと願っている。

「ではメイドたちには警戒するようにその旨を伝えておきましょう」

「ああ。お願いするよ」

僕は埃舞う部屋を出て行くキエダを見送ってから、手帳を机の上に置いてもう一度最後のページを開いた。

窓から差し込む光が手帳を明るく照らす。

この部屋の窓ガラスは奇跡的に割れてはいなかった。

そのおかげでこの手帳も破損せずにすんだのだろう。

破損とは違うが、ただ唯一破り取られたページだけが気になる。

本当に単なる書き損じなのだろうか。

それなら他のページのように取り消し線でも引いておけばいいはずだ。

机の上に広げた最終ページを見下ろしながら僕はその違和感に頭を悩ませる。

「ん？」

確認のためにもう一度最終ページを読み直そうと手帳に手を伸ばした瞬間だった。

一瞬何かが『見えた』気がして慌てて手帳を取り上げ、その紙面に目をこらす。

「やっぱりだ」

僕は懐から一本の鉛筆を取り出すと、その鉛筆で先ほどの先住民について書かれた一文の横を擦ってみる。

すると、僕の予想通り鉛筆でこすった部分にうっすらと文字が浮かんできたのである。

「これって、まさか千切られたページに書かれていた文字が、筆圧で下の紙に写っていた？　だとすると他の所も」

僕は日の光にかざし、表面に凸凹がある場所を探しては鉛筆で擦り続けた。

「これが破り取られたページの内容……」

最後のページ。

先ほどまで空白だった部分の数カ所に並んだ言葉。

それは一言ずつ短い言葉の羅列だった。

多分、報告が上がってきた内容をメモしただけだったのだろう。

そこに書かれていた言葉はたったの四つ。

『森の奥の泉』『魔物に乗った人影』『子供』

浮かび上がった四つの文章のうちの三つは、先ほどキエダと話していたこの地に居る者の特徴や出会った場所のことだろう。

だけど、最後の一つの言葉に僕の目は釘付けになってしまった。

「まさか、こんな所に……いるのか?」

僕が見つめるページの一番端。

そこには荒い文字で『エルフ』と、たった一言だけ書かれていたのであった。

＊　＊　＊

今は食後のティータイム。

あの後、外からメイドのフェイルに呼ばれ外に出ると、既に食事の用意がされていた。

そして手帳のことを切り出す暇もなく、フェイルに手を引かれ無理やり椅子に座らされ、気がつけば紅茶をたしなんでいたというわけである。

みんなそれぞれリラックスした顔でゆっくりとした時間を過ごしているが、そろそろ仕事に戻る時間だろう。

そう思った僕はティーカップを置くと、テーブルセットを囲んで座る家臣たちの顔を見渡す。

本来貴族の主と家臣が同じテーブルについて一緒に食事をすることはない。

だけど、今の僕たちはたったの五人。

なので、今は家臣だ主だという垣根はなるべく取り払って協力していこうと僕は思ったのだ。

もちろん貴族家の従者として教育を受けてきた執事のキエダやメイド長のテリーヌは当初それには反対した。

だけど、この島までの長い航海の間になんとか二人を説得して納得してもらうことができた。

貴族と言っても、この王国がまともに扱うことも、開発することもせずに放置していた島ひとつを領地とする新興の男爵家に過ぎない。

しかも僕がこの島を開拓してある程度の功績でも立てなければ、もしかすると一代限りで男爵位も返さないといけなくなる可能性すらある。

そのためには島を人が移住できる程度にまで開拓したあと、移住者を集めなければならない。

なので最初の一歩として、まずはこの拠点を中心に人が住める場所を作るつもりだ。

僕のクラフトスキルがあると言っても、一人でできることには限界がある。

この僅かばかりの人数で、今はできるだけ協力し合わなければ。

「さてみんな。この後のことだけど」

僕の呼びかけにこちらを向いた家臣たちに言葉を続ける。

「船で話していたように、これからはみんなで一緒に頑張っていこうと思っている」

キエダやメイドたちは、僕の言葉に小さく頷く。

「それで今から僕たちが住む領主館をクラフトする予定なんだけど」

僕は背後にある崩れかけた建物に一度目を向けてから続ける。

「とりあえず調査団の本部を素材化して、手持ちの素材でできる限りのものを建てようと思っている」

「僕たち……ということは、私どももそこに住むということでしょうか？」

「当たり前じゃないか。こんな所まで付いてきてくれた君たちは、僕にとっては家族も同然だしね」

僕は続けて「それに、もう日も暮れてきそうだから、早めに眠れる場所を作っておきたいんだ」と言った。

「そうですね。まずは私たちがこれから住む所を作らねばどうしようもありませんし」

「ですです。あと少しで木の陰に日が落ちてしまいますですぅ」

テリーヌの後に続いたフェイルの言葉に僕は空を見上げる。

森の中にぽっかり開けたこの拠点。

太陽はその周りにそびえる木々に今にもその姿を隠してしまいそうなほど落ちていた。

「それでだ。みんなの部屋を作ろうと思うんだけど、何かこうしてほしいとか意見はあるかな？　あまり難しいものは無理だけど、できるだけ期待通りにはするつもりだよ」

僕がそう話すと、イの一番に手を上げたのは、やはりフェイルだった。

「はいはい！　私は景色のいい二階の端っこがいいですぅ！　それとベッドは大きめでぇ。それと窓にはかわいいカーテンとぉ――」

次から次へとフェイルの口から出てくる要望を、僕は愛用の手帳にメモをしていく。

景色と言っても、拠点の周りは森で、とても二階程度で見えるのは拠点の中くらいだろうに。

そんなことを思いつつメモを続け、やがて流石に一枚目が一杯になるあたりで流石に僕は彼女の口を塞ぐために手を前に突き出し、その言葉を制した。

「フェイルはもうそのへんにしてくれよ。時間もないし、そんなに要望通りにはできないから」

「わかりましたぁ」

「それじゃあ次、キエダは何か要望はある？」

僕はちょっとだけ不満そうな表情を見せて黙ったフェイルから視線をキエダに移す。

「そうですな、私はレスト様の部屋の隣にしていただけますとありがたいですぞ」

「どうして？」

「レスト様からお呼びがあった時に、すぐに駆けつけられるようにですぞ。あとはこれと言って望むことはございませんな」

「それでは、私はそのキエダの部屋からレスト様の部屋を挟んだ反対側の部屋をお願いできますでしょうか?」

キエダの要望を聞き終わると、続いてテリーヌがそう続ける。

テリーヌはメイド長として、僕の世話をするのに近くが良いということらしい。

そんなに部屋数は作れないから仕方がないといっても、左右を執事とメイド長に挟まれた部屋かと思うと、微妙な気分ではある。

「ああ、わかったよ。それでアグニはどうする?」

「……自分はどこでもいい」

少し無口な彼女は、それだけ告げると口を閉ざす。

メイドとしての腕前は一流だけど、こういった部分が偶に扱い難く思えてしまう。

かといってフェイルみたいに無限に喋り続けられるのも困りものだけども。

「まぁ後は船の中で準備した設計図を元にして建てるか」

長い航海の間、キエダと二人で領主館を作るならどうするかを話し合い、簡単な図面を作成しておいたのだ。

元々、調査団の報告書に書かれていた調査団本部を建て替えて使う予定だったので、大体の大きさは把握できていた。

建物自体は、ここまで来る間に素材化した石や木材を使えばすぐに作ることは可能だ。

内装は建物を建てた後で、船から運び出した材料を素材にして作れば良い。

「紅茶、美味しかったよアグニ」

「……ありがとうございます」

僕はアグニが用意してくれた紅茶を飲み干し椅子から立ち上がると、大きく伸びをする。

「それじゃあさっそくキエダと一緒に領主館を建ててくるよ。その前に水とか必要なら言ってほしい」

「まだ食器を洗うくらいはありますから、大丈夫ですわ」

僕の素材収納の中には、王都の井戸から素材化して持ってきた大量の水が蓄えられている。

水のようなものも素材化できることを発見した時は驚いたものだ。

だけど同じようなものでも、スープや紅茶やコーヒーなどは素材化できなかった。

理由はやはりよくわからないが、神が決めたルールに文句を言っても仕方がない。

「そうか。それじゃあ後片付けは頼んだ」

「わかったですぅ」

「はい。お任せくださいませ」

「……お任せを」

それぞれがそれぞれ返事をすると、テキパキと動き出す。

一部、フェイルだけがまた食器を落としそうになってふらついていたが、概ね問題はなさそうだ。

「じゃあいこうか」

「はいレスト様」

僕はキエダを引き連れ、今にも崩れそうな調査団本部へ向かう。

先ほど中を調査するために、簡易的に補強はしたのだけど、外見はただの廃墟のままだ。

領主館を建てるためには一旦それを全て素材化して更地にしなければならない。

地固めなどは調査団が行ってくれているので、石で基礎をクラフトしてから、一気に建物をその上にクラフトしていくつもりだ。

それにしてもあの隠された手帳を入手できたのは上出来だった。

もしそのまま中を調べずに素材化したら、全て紙になってしまって、書かれていた情報は全て永遠に失われていただろう。

「それにしてもエルフか……」

「ああ、エルフがどうかいたしましたか？」

「ああ、あの手帳の中にそう書かれていたのを、キエダが出て行った後に見つけたんだ」

「そうでございましたか。それでどのような？」

「たいしたことは書いてなかったけど、もしかしたら先住民というのがエルフ族かもしれないって団長は報告を受けていたみたいなんだ」

「ふむ。確かに森に住む種族ではございますが、もしエルフだとすれば調査団が無事に帰国できるとは思えませんな」

「だろうね。目の前で森の開拓を許すような種族じゃないことくらいは僕も知ってる」

「ではやはり誤報でしょうな」

「それか、エルフに似た別の種族とかかもね。とにかく今は時間もないことだし後で話そう。今は早く領主館を作って、寝床を確保しないと」

そう答え僕は、廃墟となった調査団の本部に左の手のひらを向ける。

「一度で行けるか」

僕が意識を集中し、廃墟に向けて素材化の力を発動させる。

すると一瞬にして廃墟が消え去り、素材収納に様々な素材が追加された。

「さて、領主館の建築を始めるぞっ！」

すっかりただの空き地になったその場所を見ながら、僕はそう大きな声で気合いを入れる。

「とりあえず基礎を石で作って、と。クラフト！」

キエダと共に図面の最終確認をしてから僕は、手のひらを建築予定地に向けてクラフトスキルを発動する。

僕の体から何かが流れ出るような感覚と同時に、目の前の空き地に次々と基礎が出来上がっていく。

小さなものをクラフトする時はあまり意識しないのだけど、大きなものを作り出す際には、体の中の魔力が流れ出すように感じるのだ。

それは僕の魔力が放出されているだけでなく、蓄えた素材が出ていくからだろうと思っている。

「さて、次は建物か」

「その前に基礎に問題がないか点検しておきましょう」

「そうだね。住み始めた後で建物が歪んだら困るし」

「地固めはしてあったとしても、調査団が離れている間に地面が緩んでしまった可能性もありますしな」

　キエダは「レスト様は領主館を建てる準備をして待っていてくださいませ」と言い残すと、基礎の点検に向かった。

　端から念入りに調べ始めたキエダの様子を見る限り、全体を点検し終わるまでそれなりに時間がかかりそうだ。

　なので待っている間僕は脳内で素材収納の素材を確認しながら建物をどうするか考える。

　元の調査団本部らしき建物を解体した結果手に入れた素材はそれほど多くはない。

　素材として使えそうなのは木材や鉄、そのほかにガラスの破片などもあったのでガラスは新しく手持ちの素材からクラフトしなくてもそれを利用すれば問題ないだろう。

　陶器の欠片は多分食器か何かだろうし、これも修復すれば良い。

　ガラスや陶器の欠片は欠片そのものが素材扱いになるのは謎だ。

　他にも建物には使えないような朽ちた木材というものもあるが、これは後で燃料として使えばいいだろう。

「さて、ただ無為に時間を潰しているのももったいないな」

　僕は目の前に一組の開き扉をクラフトする。

　これは領主館の正面玄関に設置する予定の扉だ。

「これはこれで悪くないけど、せっかく時間もできたことだし、先に細かく加工もしておくか」

　僕はクラフトした扉をもう一度素材に戻してから、頭の中で先ほどの扉をイメージする。

そのイメージした扉の表面に、少し凝った意匠を脳内で施していく。

「よし、これで行こう」

そして、その脳内で作り上げた扉をもう一度クラフトを使って目の前に作り出した。

「うん、良い出来じゃないか」

最初に作った、味も素っ気もないごく普通の扉と違い、貴族の館らしい高級そうな扉が出来上がったことに満足した僕は、同じように建物の中で使う扉を何種類か同じように試作していく。

部屋によっては蝶番《ちょうつがい》の金属を変えてみたり、普通の扉以外にも引き戸や、キッチンで物を持ったまま手軽に開け閉めできるスイング扉なども作ってみる。

それだけでは飽き足らず、階段の手すりも普通のものじゃなく王城にあったような凝ったデザインのものを試作してみた。

「さすがに派手かな」

最初は金属も使ったものを作ってみたが、クラフトしてみると思った以上に趣味が悪いものが出来上がってしまった。

「もう少し簡素なデザインで造り直そう」

そんな風に領主館の外観や内装を細かく試作しながらキエダからの報告を待つ。

設計図は頭の中にあるし、後で変更や修正が必要になっても僕のクラフトスキルなら一瞬でできてしまう。

だけど作り出すものをきっちりとイメージできるように試作しておくことで、その完成度は違ってくる。

特に今から作る領主館のような大きな建物の場合は、『設計通り』になら簡単にクラフトできるが、細かい部分までとなると、事前にイメージを固めておくことで、細部にわたって凝ったものが出来上がるというわけだ。

まぁ、僕のクラフトスキルなら一度完成した後に細かい部分は作り直すことが可能だが、それはそれで面倒なので、最初から出来の良いものが一気にクラフトできるならそれに越したことはない。

「貴族の実生活には役に立たない勉強より、実際に役に立ちそうな勉強を優先しておいて良かったよ」

僕はダイン家を出ると決めた時から、貴族のお勉強はそこそこ落第しない程度にして、辺境の領地でのんびり暮らすために必要そうな知識をこっそり勉強していたのである。

建物や、その内装に関してもその時に学び、建築デザイン集などにも目を通しておいたのが役に立った。

「レスト様。右奥のほうに少し地盤が緩い場所があるようですので、対処したほうがよろしいかもしれません」

一通り点検が終わったキエダが戻ってくると、気になる場所を報告してくれた。

地固めはできていると思っていたが、どうやら緩んでいる場所もあるようだ。

「気がつかなかった。それじゃあもう一度地面を固め直してから基礎を作るよ」

僕は基礎とその下の地面を、スキルの届く限り深く素材化で消し去ってから、クラフトで固めた状態に加工し直す。

そしてぽっかり開いた穴に向けてそれをクラフトしながら詰め込んでいく。

土を圧縮したせいでできたへこみには石を加工した板を作り上げて埋め込む、そして最後にその上にもう一度基礎を組み上げた。

「よし、これで一部分だけ沈むなんてこともないだろうし大丈夫だろう」

僕は出来上がった基礎を見ながら「キエダがいてくれて助かったよ」とキエダに感謝した。

「レスト様の助けになれましたのなら嬉しく思いますぞ」

貴族家の中で、こっそりと家を出るための別の勉強をする。

そのために一番協力してくれたのは執事のキエダだった。

彼はどうしてそこまで僕のためにそこまで動いてくれるのだろうと時々思うこともある。

「いつもありがとう、キエダ」

僕はそうお礼を口にすると、キエダは少し微笑んでから小さく頭を下げた。

この孤島に付いてきてくれると言ってくれた時も、同じように優しい笑顔を浮かべただけで、なぜそこまでしてくれるのかを彼は多く語らなかった。

不思議に思い、キエダになぜここまで尽くしてくれるのかと僕は尋ねたことがある。

それに対してキエダは「レスト様のお母様……エリザ様から受けた恩を返させていただいているだけです」と答えただけで、それがどんな恩なのかまでは教えてくれなかった。

「一応検査しましたが、今度は大丈夫のようですな」

キエダはもう一度基礎の確認をすると、そう言ってから横の空き地に積まれた建築資材の山を見て「ところでこれはなんですかな?」と問いかけてきた。

「何って、領主館を作るための資材だけど?」

「いえ、それはわかっておるのですが、どうしてここに積み上げてあるのかと」

「これから作る領主館は、このカイエル領の中心となる建物だからね。だからいつも以上に念入りに準備をしておいたんだよ」

今はまだ、僕たち以外には誰一人いないはずの領地である。

だけど、これから開拓を進めていく内に、様々な人たちをこの地に呼ぶことになる。

まず領民を増やさなければ領地として成り立たないが、こんな最果ての島まで人を呼ぶためには、移民を望んでもらえるような魅力的な何かが必要になる。

その時に、領地で一番目立つであろう領主館が見窄《みすぼ》らしければ、それだけで人々はこの地に住みたいと思えなくなるだろう。

「せっかく遠路はるばる来てくれた領民候補のみんなにがっかりされたくないからね」

「左様でございますな。無駄に嫌みなほど豪華なものを作る必要はございませんが、領主館はこの地の顔となる建物。レスト様のお考えはよく理解できますぞ」

「ああ。だから僕はこのカイエル領で最初に作るこの建物だけはいっさい手を抜かない。今、自分にできる全ての力を注ぎ込んでクラフトするよ」

僕はそうキエダに告げると、右の手のひらを積み上げた『素材』に向け、左の手のひらを基礎が組まれた領主館建設予定地へ向け精神を集中させる。

今までなら気軽にクラフトスキルでいろいろなものをクラフトしてきたが、今回だけはそういうわけにはいかない。

この領主館のために、先ほどからずっと手間をかけて準備をしたのだ。

「よし来た、行けるぞ！」

僕の脳内に、クラフトする領主館『設計図』が浮かび、それを完成させるだけの十分な『素材』が揃っていることが伝わってきた。

作り出すものの設計図と素材がイメージの中でピッタリと合致する。

この感覚を人に説明するのは難しいけれど、一気に脳内で全てが繋がっていくのはとても気持ち良く爽快だ。

「じゃあやりますか――【クラフト】発動っ!!」

クラフトスキルの発動と同時に左手に何かが吸い込まれるような感覚が伝わってくる。

同時に右手からは何かが流れ出していく。

そして脳内では次々と設計図にそって素材が組み上がり、建物ができていくイメージが作り上がっていく。

「良い感じだ」

そしてそれは僕の脳内だけじゃない。

空き地に山積みしていた『素材』が、僕の左手に吸い込まれ、右手を差し向けた基礎の上に必要な形に加工された建材が次々と現れて領主館を形作っていくのだ。

　これほどの大きなものを今までクラフトしたことはなかったけれど、こうやって見ているととても不思議な光景である。

　そんな風景を見ながら僕はこのギフトを手に入れたばかりの時のことをふと思い出した。

　その時僕が初めて自分の部屋でクラフトしたのは簡素なネックレスである。

　材料は部屋に置いてあった銀のアクセサリーを素材化して使った。

　頭に突然浮かんだスキルを使ってみたい。

　何かをクラフトしたいという気持ちを抑えきれなかった。

　そして、どうせ作るなら、当時既に病床についていた母に、その初めて作るものをプレゼントしたいと考えたのである。

　幼いながらに母の命がもう長くないことを感じていたからかもしれない。

　そうして僕は初めてのクラフトスキルで作ったネックレスを、当時母のお付きでもあったキエダに頼んで、一緒に母に届けに向かった。

　母は喜んでそれを受け取り、自らの細くなった首にかけて『ありがとうレスト』と微笑んでくれたことを今も覚えている。

　そして続けてこう言ったことも。

『その力を信用できる人以外には決して見せてはだめよ』

　その言葉の意味は当時の僕にはわからなかった。

だけど、僕は母の言いつけは守ると決めて、最後までキエダと信用できる仲間以外にはこの力のことを隠して生活してきたのである。

母の死後、当時は第二夫人であった継母が暗躍し始めた。

彼女による僕の失脚を狙った計画を知った時、僕はこの力を隠しておいて良かったと心底思い、母に感謝したものだ。

「もしかしたらこのギフトをくれた神様が、母の口を借りてこっそりと教えてくれたのかも」

僕は思い出から意識を戻すと、完成した領主館を見上げながら小さく呟く。

「でも、これからはこの力を隠してはいられない」

この未開の地を開拓するには、絶対にこの神から授かった力が必要だ。

そして、公の場で力を使わなければならない以上、秘密にはしておけないだろう。

しかしとりあえずそういった未来のことを考えるよりも、今は目の前の領主館を仕上げないといけない。

「さて、次は細かい内装か」

建物が出来上がったと言っても、事前に要望を聞いていた家臣たちの部屋以外の内装はまだ大まかなものしか出来上がっていない。

特に共有スペースである食堂やキッチンなどは、まだまだ完成してはおらず、それぞれの部屋に置く細かい家具や器具はこれからクラフトしなければならないのだ。

僕は完成した領主館の中にキエダとメイドたちを引き連れて入る。

そしてエントランスホールで、四人の臣下それぞれの要望に会わせクラフトした部屋の場所を伝えた。

事前に聞いていた要望にできるだけ添うように頑張って作製した部屋には結構自信がある。

きっとキエダは元よりメイドたちも喜んでくれる……と思う。

そのキエダの部屋は、内装について元々彼からの要望がほぼなかったので、立派な書斎風の部屋にしてみた。

特に壁に備え付けられた本棚と、大きめの執務机は自信作である。

ただし本は家から持ってきたものしかないために、全部詰め込んでも隙間だらけで、かなりの空きが出てしまう。

これからまた本土と交易が始まれば本棚も埋まっていくだろうが、まだ先の話になるだろう。

「これは見事な造りの部屋ですな。ありがとうございますレスト様。私のためにここまでの物を作っていただけるとは感無量でございますぞ」

キエダは部屋に入って中を見回し、少し涙ぐむような仕草を見せながらそう言ってくれた。

最近歳のせいか涙もろくなったと日頃からこぼしているが、僕のやることなすことについては大抵いつも誉めてくれるので、その誉め言葉も彼の本心からの言葉なのか時々疑ってしまうのは仕方がないことだろう。

「大げさだよ」と笑いながら僕たちはキエダの部屋を出る。

次に僕の部屋を挟んで、キエダの部屋の反対側に作ったテリーヌの部屋だ。

彼女もあまり要望を口にしなかったが、僕は彼女が基本的には質素な部屋が好きなのを知っていた。

なので、キエダの部屋にあるものよりは小さめの執務机と、それほど派手に見えないベッド。

後は普通の鏡台に箪笥《たんす》などの家具類を一式用意した。

「とても素晴らしいお部屋を用意していただき、ありがとうございますレスト様。ところでこれはなんなのでしょうか？」

ただ、その普通の部屋に見える一角。

そこだけが他とは違う大きな扉が付いていて、僅かに異彩を放っていた。

「ああ、そこはウォークインクローゼットだよ」

「ウォークイン……ですか？」

「うん。昔西の国へ旅行に行った時に、そこの貴族の屋敷にあったんだ」

彼女は気付かれていないと思っているのだろうけど僕は知っている。

テリーヌはかなりの数の衣装を持っていたことを。

もちろん今回の旅に持ってきた服の数は少ないだろうし、大半は処分してきただろうけど。

「これだけ広ければ、沢山服が仕舞っておけると思ってね」

「……」

「あっ、余計なお世話だったかな？」

「……いいえ。ありがとうございます」

テリーヌはそう言って頭を下げたが、その表情は僅かに緩んでいるように見えた気がする。

このウォークインクローゼットも、キエダの部屋の本棚と同じく、いつか中身が埋まる日が来るだろう。

その日をなるべく早く迎えるためにも、今は頑張らないといけない。

次はアグニの番だ。

「アグニの部屋はテリーヌの部屋の正面で良かったかな？」

「……そのはずです」

僕は荷物を馬車に取りに向かうキエダとテリーヌが玄関に向かうのを見送ってからアグニの部屋の扉を開く。

その瞬間だった。

「!!」

扉の隙間から一瞬だけ中の様子が垣間見えた途端、扉の前の僕を押しのけるようにしてアグニがその隙間から部屋の中に飛び込んでいった。

そして唖然とする僕らを置いて、そのまま扉を閉じてしまったのである。

突然のそんな行動に、僕は一瞬あっけにとられた。

けれど続いて中から聞こえてきた声で、なぜ彼女がこんなことをしたのか理解した。

「れ、レスト様。どうしてこんな内装に部屋を——も、も、も、もしかしてお屋敷で自分の部屋を見たことがっ」

「あ、ごめん。もしかして隠していたのかい？」

いつもの無口さはどこへ行ったのかというくらいに、慌てた様子のアグニの声に、僕は意外に思いながらそう尋ねた。

「い、いえ……だって……でも」

今回アグニの部屋を作るに当たって、特に要望がなかったために僕は、一度だけ見たことがある彼女の部屋の中を思い出しながら内装をクラフトすることにした。

去年だったか、屋敷で偶然彼女が部屋の扉を閉め忘れて自分の部屋を出て行くのを見かけた僕は、親切心でその扉を閉めてあげようと扉に近づいたのだ。

自然と目に入った彼女の部屋の中は――

「アグニがあんなにぬいぐるみとか可愛いもの好きだなんて思わなかったよ」

そう。

彼女の部屋の中には沢山のぬいぐるみが、所狭しと置かれていたのである。

しかもベッドなどもフリフリのピンクで可愛らしい装飾がされていて、日頃の彼女との余りの違いに忘れることができなくなっていた。

なので僕は今回、今ある材料でできる限りそれを再現してみたのだが。

「しかしぬいぐるみをクラフトするのには苦労したよ」

「……」

なんせ僕はぬいぐるみを作ったことも、貰ったこともないのである。

町中やアグニの部屋。

あとは学園で女子生徒がなぜか鞄に大きなものをぶら下げているのを見たことがある程度である。

一応作り方くらいはわかっていたが、細かいところまで再現できたかどうかは自信はない。

「初めて作ったから、ちょっと不格好かもしれないけど……もしだめだったら作り直すからさ」

「……これでいいです」

「え？」

「……このままでいい……です。ありがとうございます」

扉の向こうの声は、それだけ告げると沈黙した。

思ったより喜んでもらえているようで良かった。

「じゃあ僕は行くよ」

「……」

扉に向けてそう言ってみたが返事はない。

その代わりになんだか悲鳴に似たような嬌声とともに、ベッドに飛び込んだのかボスンというような音が聞こえた気がした。

あのアグニがそこまで喜んでくれるなんて、頑張ってクラフトした甲斐があった。

満足しながら次の部屋へ向かおうと振り返る。

だが次に案内しようとしたフェイルは、僕を置いてさっさと自分の割り当てられた部屋に向かったようで、その姿は既にどこにもなく廊下には僕ただ一人だった。

「フェイル……はいないか。勝手に先に行ったんだな」

フェイルの部屋は、他と違い本人からの要望が多かったので、実は一番クラフトし易かった。

天蓋付きのベッドなど、作るのは面倒だったけれど。

できる限り要望は再現したつもりだったが、感想は後で集まった時に聞くとしよう。

「さて、みんなが部屋を確認している内にキッチンとか食堂の仕上げをしてくるか」

この館には個別の部屋以外にキッチンや応接室、食堂や執務室など基本的な部屋は作られていた。

薪を使ってお湯を沸かす方式のお風呂も、大きめのを一つ用意してある。

水は僕が大量に持っているし、近くに川があるはずなのでそこから水を引き込んでも良い。

薪も素材化とクラフトスキルがあれば簡単に作れるので安心だ。

他に客室もそれなりの数は部屋だけは作ってあるが、その内装はまだ作っていない。

必要になったら、すぐにクラフトできるからだ。

それは建前として、実際は持ってきた材料は、補給の目処が付くまであまり使いたくはないというのが本音である。

木材や石材は簡単に手に入るが、布や綿はそう簡単に手に入るものではないので、布団などは必要最低限にしたい。

「とは言っても綿とか麻とかだと栽培する場所も作らなきゃいけないし、羽毛とかも鳥を僕たちで飼うことができるかどうか難しいな。農業や牧畜ができる領民が移り住んでくるまでしばらくは近くの街へ船で出向いて買い揃えたほうが無難だろうな」

僕はこれからのことを思って、少しげんなりする。

一応それなりの支度金はダイン家から受け取ってはいるものの、そんな物はすぐに底をつくだろう。

その前に何かこの地で交易に使えそうなものを見つける必要もある。

辺境の地でのんびりスローライフを送るつもりだったのに、まさか領地開拓から始めなきゃいけなくなるなんて、最初にわざと追放されるための作戦を思いついた時には考えもしなかった。

だが今さら嘆いてももう遅い。

数年後にのんびりと暮らせるようになるために、今は頑張らないといけない。

考えてみれば願い通りに貴族社会の面倒さからは既に解放されているのだ。

そう思えばやる気も出てくる。

信頼する臣下たちと、誰にも邪魔されずに好き放題開拓できることを今は素直に喜んでも良いんじゃなかろうか。

それに……。

「もしかしたらこの島には、僕が考えもしなかった種族がいる可能性も出てきたし。そうなったら交易とかもできるかも」

僕はズボンのポケットから手帳を取り出し、最後のページを開く。

エルフか、若しくはそれに近い別の種族の存在を匂わせるあの文章の真偽は定かじゃない。

「でも今はまだいろいろ考えていても仕方がないよな」

僕は手帳を仕舞いながらそう呟くと、頭の中でこれから仕上げをするキッチンや食堂に必要な器具を思い浮かべながらアグニの部屋の前を離れ、キッチンに向かうのだった。

まさかこの時、その先住民との出会いがすぐそこまで来ていたなんて知ることもないままに。

＊　＊　＊

僕たちが完成した領主館にそれぞれ荷物を運び込み、それぞれ部屋を片付けた頃には、すっかり外は闇に包まれていた。

一人だけ二階を選んだフェイルは、荷物を持って何度も階段を上り下りする羽目になったせいか、夕飯時にはかなり疲れ切った顔をしていたが自業自得だろう。

領主館の中は、魔石の魔力で稼働する灯りの魔道具のおかげでそれなりに明るい。

しかし魔道具はクラフトで作ることができても、魔石は製法がわからないためにクラフトで作り出すこともできず、それなりに高価なために、あまり数を買いそろえることはできなかった。

なのでキッチンや風呂などの共有部分にしか使えず、個人の部屋や廊下の移動時には油を使ったランプをクラフトして用意した。

ダイン家にいた頃は全ての照明が魔道具で補われていたが、今はまだそんな贅沢はできない。

いつか魔石の製法がわかった時、クラフトに使う素材が安く手に入るものであることを願うばかりである。

そんな貴重な魔道具の灯りの下、真新しいキッチンでアグニが作ってくれた料理を、僕も一緒になって手伝いながらテーブルに並べる。

そして全員が同じテーブルについたのを確認してから、僕は口を開いた。

「みんな、今日はお疲れ様。明日から本格的にこの領都にする予定の拠点の開発を始めようと思う。なので食事の後は簡単な打ち合わせだけしたら、風呂に入って疲れを取ってからゆっくり休むことにしよう」

僕は全員を見回してから最後に「それじゃあ今日も命に感謝を」と両手を組み合わせる。

「命に感謝を」

全員が僕に続く。

この言葉は、母に教えてもらったもので、母の実家であったカイエル領の人々は夕食前に自らの命となる食事に感謝を捧げる風習があったらしい。

僕は自分の家名を『カイエル』にすると決めた時に、その風習をも引き継ごうと思ったのだ。

「おいしいですぅ」

「フェイル。まだレスト様も手を付けていないのに無作法ですわよ」

「でも、もう感謝は捧げ終わったですしぃ」

「主人より先に手を付けるなど——」

「まぁいいじゃないか。フェイルは多分今日一番動き回ってお腹を空かせているだろうし」

「……二階の部屋を選んだフェイルが悪い。自業自得というもの」

「アグニも酷いっ。でもでも、景色が良い所がよかったんですぅ」

アグニにまで苦言を呈され、頬を膨らますフェイルと、それを見てやれやれといった表情のキエダ。

僕はそんな賑やかな食卓を眺めながら、目の前に並んだ料理に手を伸ばす。

相変わらずアグニの料理は絶品で、みんなの前に並んだ料理がなくなってしまうまで時間はかからなかった。

そして食事を終えた僕らは、最後にそれぞれ翌日の予定を確かめ合うと、女性陣と男性陣に分かれ、順番に風呂を堪能した後、部屋に戻った。

拠点は島を囲む高い壁のような山から少し内部に入った深い森の端のほうに作られている。

なので、森のほうからは夜になって活発に動き出した獣や虫の鳴き声のせいで、それほど静かではない。

だけど今日一日、初めての場所で慣れない引っ越しや力仕事をしたせいか、気がつけばその騒音すらも子守歌に僕たちは深い眠りに落ちていった。

【第二章】
子供を助けよう！

翌日の朝。

僕は少しだけ寝坊してしまったらしく、食堂へ向かうと既にアグニ以外は誰もいなかった。

「おはよう」

「……おはようございます。今からレスト様の分の朝食を準備するので、その間に洗面所で洗顔を」

「みんなはもう？」

「……自分以外の者は既に外へ。残っている残骸や建物の調査に出ています」

僕はその答えを聞いてから洗面所に向かう。

洗面所を、十人くらいの人が同時に使えるほど広く作ってしまったのはダイン家時代の印象が頭に残っていたせいだ。

何せ王家に近い上級貴族ともなると、毎日のように何人もの客が屋敷を出入りする。

そのうえ、定期的に社交界や舞踏会も開かれるために、自然と広く大きい洗面所が必要になってくる。

「だけどこの領主館で大人数集まるなんて、いったいいつの話になるやら」

そもそも貴族同士のそういう集まりが嫌で逃げ出してきたというのに、この領地でそんな集まりを開催するつもりはない。

「領民がある程度集まった時に、何か行事をやるくらいかな。その時に領主館を使うかはわからないけど」

僕はいつか来る未来に思いを馳せていると、ふと先にやっておくことを思い出した。

「まだ時間があるみたいだし、昨日の風呂と料理で減っているだろうし、先に水を追加しておくかな」

貴族家では使用人が井戸の水を汲んで、上の階に設置されている桶に定期的に注いでくれていたが、ここではそうもいかない。

多分この拠点のどこかに井戸はあるのだろうけど、どこかの残骸の下に埋まっているらしく昨日は見つけられなかった。

まぁ、正直言えば今のところ慌てて井戸を探す必要はない。

なぜなら僕という水源があるからである。

「やっぱりかなり減っているよな」

階段を駆け上がり二階の水部屋に向かった僕は、部屋の中に設置された貯水槽の蓋を開けて中を覗き込む。

この水部屋は、他の部屋と違いかなりの重量を支える必要があるため、部屋を支える支柱や床は木ではなく石を加工したものを使っている。

もし水が漏れた時のことも考えて、排水設備も完備だ。

僕は貯水槽の中の水量を確認しながら、素材収納の中から真水を選んで流し込んでいく。

クラフトスキルのクラフト能力は便利だが、それに付随する素材化能力も使い方によってはとんでもなく便利なものである。

何せ素材にできるものなら『ほぼ』無限に収納できてしまうのだから。

この素材収納は【クラフトスキル】を初めて使った時にその存在を知ったが、いったいどれくらいの容量があるのか未だに掴めていない。

上陸用のトンネルを掘った時に素材化した大量の岩ですら収納できているのである。

なので僕は未だにこの素材収納の限界を知らないので『ほぼ』なのだ。

今度限界を試すために海の水を素材化して、どんどん取り込んでみようか。

そんなことを考えつつ、水を補充し終わった僕は一階へ降りて洗面所に改めて向かった。

「やっぱりこの広さも蛇口の多さも無駄だよな。反省しなきゃ」

十個並んだ蛇口と洗面台を見て僕は溜息をつく。

貯水槽からつながったパイプは、それぞれ蛇口につながっていてハンドルをひねれば水が出るという簡単な仕組みになっている。

これも貴族の勉強をそっちのけで得た知識である。

洗面所の一つで歯を磨き顔を洗うと、僕は備え付けられているタオルで手と顔を拭いてから食堂へ戻った。

テーブルの上には貴族の食事としては質素かもしれないが、今の僕には十分な朝食が並べられていた。

主食のパンそれに干し肉と紅茶。

ダイン家にいた頃は、生野菜のサラダやフルーツ、ヨーグルトなど多彩だったが、流石に長旅にそれを持って来ることはできなかった。

僕の素材化で、素材収納に入らないかと試したのだが、なぜか野菜や果物を素材化しようとすると全て種になってしまうのである。

「おかげでいろんな種は持ってこれたけどさ」

僕は朝食を口にしながらつぶやく。

これからその種を植えるための畑を作って育つまでは、森の中で自生しているものを探すしかないため、生野菜が食卓に上る日はまだ遠い。

素材化の力は未だに僕はその全容を把握してはいないが、とりあえず動物や昆虫は素材化できないことはわかっている。

わざとではないが、庭の草を素材化した時、植物は素材化できたのにその影にいた虫は素材化できなかったからだ。

ただ、死んだ虫は収納されていたので、完全に素材化できないわけではないようで、そのあたりは神のみぞ知ることなのだろう。

「パンを素材化したら、まさか小麦とかの材料に分割されるとは思わないよね普通」

なのでパンの材料だけ素材収納に入れておけば、パンを焼くことはできたのだけは朗報だった。

ちなみに船の上でも僕のクラフトした焼き釜は大活躍で、その焼き釜と同じものをキッチンには設置してある。

今僕が食べているパンも、その焼き釜で作られたものだろう。

「ごちそうさま。アグニのパン、とっても美味しかったよ。また腕を上げた？」

「……屋敷を出てからずっと焼いていますから」

パン焼きの担当はアグニだ。

パン焼きは僕が思っていた以上に難しく、不器用なフェイルには任せておけない。

そのうえテリーヌは他のことは器用にこなすのに料理は苦手で、パンを焼くと焦がして消し炭を大量生産してしまう。

もちろん僕やキエダはテリーヌより少しマシといった程度。

なので、一番料理が得意でまともなパンが焼けそうなアグニが担当することになったのだが。

「最初から上手だったけど、今ならもう王都の一流店で出してもいいくらいだ」

「……そこまで言うと逆に嫌みのよう。ですけど、ありがとうございます」

アグニはそう答え、僕の前から飲みかけの紅茶以外の食器類を手際よく片付けていく。

そして去り際に思い出したかのように振り返ると――

「……レスト様」

「なんだい？」

「……出かける前に水を追加していくのを忘れないよう」

それだけ告げてキッチンのほうへ戻っていった。

「もう先に済ませてきたんだけどな」

僕はその後ろ姿を見送りながらそう呟いて、紅茶に口を付ける。

そして昨日決めた今日の予定を確認のために一つずつ思い浮かべた。

まずは拠点内に散らばっている残骸のチェック。

必要なさそうなものは素材化して、修理して使えそうなものはクラフトを使って修理する。

急いではいないが、できれば井戸も見つけて修復しておけば水については安心だろう。

そして畑を作って種を植えて、育つかどうかも調べないと。

「やることが一杯だな。早く全てを終わらせてのんびりしたいよ」

今日だけではなく、これから続く作業の多さにげんなりしつつ残った紅茶を流し込む。

外は今日も良い天気で、窓から差し込む日差しが眩しい。

「さて、そろそろ行きますか。みんなにだけ仕事させておくわけにもいかないし」

独り言を口にしながら椅子から立ち上がったその時だった。

まるでそれを待っていたかのようにフェイルが大慌てで食堂に飛び込んできたのである。

「れ、レスト様！　大変なのです!!」

「何かあったのかい？」

「塀の外で獣か魔物かわからないですが、何やら暴れているです！」

塀の外ならそれほど慌てることもなさそうだが。

もしかすると僕のクラフトした壁すら壊しそうな相手なのだろうか。

「わかった、すぐに行く。キエダたちは？」

「壁の所で様子を見てるです。もし壁を壊されたり乗り越えてきそうだったら戦う必要があるって武器を持って行ったです」

そうか。

元冒険者のキエダは元より、テリーヌもおっとりした見た目からは想像できないが、それなりにキエダに教わって訓練を積んでいる。

だから一番戦闘の役に立たないフェイルを報告係に寄越したわけだ。

僕はキッチンに駆け込むと、アグニにフェイルから聞いた話を伝える。

「……自分も向かったほうが？」

「いいや、僕が行けば大丈夫だろうし。アグニはそのまま片付けをよろしくたのむ」

「……お気を付けて」

「ああ。もし力を借りる必要ができたら連絡するよ」

それだけ伝えると、僕はキッチンを出て食堂の入口で待っていたフェイルと共に屋敷を飛び出した。

この拠点の出入口は四方にあるわけだが、方角的に大まかに分けると最初に入ってきた所を西として東の端に領主館があり、その裏に領主館の裏門を兼ねた出入口が一つ。

そして南と北に小さめの扉がそれぞれ一つずつある。

西の出入口は、馬車を出入りさせることができるように大きめの両開きの門扉を設置してある。

こちらはそのままトンネルまで繋がっているので、島の外との交易などでも使われる予定になっている。

それ以外の三つの扉は、今のところは人一人が出入りできる程度の大きさしかない。

問題が起きているのはそのうちの北の扉付近だという。

先行するフェイルの後を追って向かう先に、テリーヌとキエダの姿が見えた。

壁の上に手をかけ、外の様子を見ているらしいキエダと、その下でキエダを見上げていたテリーヌにフェイルが声をかける。

「呼んで来ましたですぅ」

その声にテリーヌが振り向き、キエダは壁の上から華麗に地面に降り立った。

キエダの身体能力の高さは知ってはいたものの、侵入防止のためにかなり高くした壁の上すらに飛びつくことのできるジャンプ力と、そこから難なく飛び降りるところを改めて目にすると、彼はもしかしたらとんでもないギフトを持っているのではと考えてしまう。

といっても今までキエダがギフト持ちだという話は聞いたことがないので、純粋に冒険者時代に鍛えた結果得たものなのかもしれないが。

「レスト様。ご足労をおかけしました」

「そんなことは気にしなくて良いけど。それより何があったんだい？」

壁の近くまで歩み寄ると、僕はキエダにそう尋ねた。

だが、その返事が返ってくる前に答えが僕の耳に届く。

『ぴぎゃー！』

『グルルル』

ドガッ。

『ピピピィ』

ザザザッ。

塀の向こうから複数の獣の鳴き声と共に、その獣たちが争う音が聞こえてきたからだ。

鳴き声からすると片方は鳥系の獣で、もう片方は犬系か。

「塀の向こう側でコカトリスと思われる魔物と、フォレストウルフと思われる魔物が争っておりまして」

コカトリスは鶏という、主に卵や食肉のために飼育されている鳥類に似ている鳥型の魔物で、その体は人間の大人の倍近くになるものもいるらしい。

しかも獰猛で鋭い爪を持ち、毎年何人かがその爪で襲われ命を落とすという。

過去には村が襲われ、村人には幸い死者は出なかったが、代わりに収穫期の畑のすべての作物を食い尽くされたという例もあるらしい。

もう一種類のフォレストウルフは、深い森の奥に住む魔物で、狼が魔物化し巨大化した種族だと言われている。

こちらも同じく集団で狩りをするが、この二種類の魔物は生息域が全く違うため、同じ場所で観測されたという記録はない。

「思われる……ということはもしかして調査書に書いてあった例の？」

「はい。調査書にあったように、この島の生き物は外界とは少々違っておるようで、間違いなく変異種でしょうな」

キエダの話によると、塀の外ではコカトリスの変異種の群れと、一体のフォレストウルフの変異種と争っているようだとか。

コカトリス変異種の群れは全部で五体いて、そのうちの一体を除く四体は幼体らしい。

もしかしたら僕が塀を再建してしまったために、フォレストウルフから逃げてきたコカトリスの家族が、逃げ場を失って戦う羽目になったのかもしれない。

「とりあえず外の様子を見たいな」

争う音を聞きながら僕は塀に近づいていく。

「私が塀の上までお連れいたしましょうか？」

「それは危険です」

「大丈夫だテリーヌ。私がレスト様を抱き上げて飛び上がればいいだけのこと」

危険だ、大丈夫だと口論を始めた二人をよそに、僕は早く塀の外の様子を確認するために壁に近寄った。

「おおっ」

そして壁に向けて両手をかざし、素材化とクラフトを順番に一瞬で発動した。

「なるほど、その手がありましたか」

「これなら安全ですわね」

「凄いですぅ。これなら私も外が見えるです」

僕が手をかざした壁には一瞬で格子状の小さな窓が出来上がっていた。

壁の強度は落ちるが、格子を突き破れる力があってもこの大きさなら魔物が中に入ってくることはないだろう。

僕は三人のために同じような窓をそれぞれ作ると、最初に作った自分用の窓から外を覗き見た。

窓から覗いた先にあったのは深い森と塀の間にできた空間。

そこで六体の魔物が争っているのが目に入る。

いや、実際にフォレストウルフと戦っているのは、僕の背よりも大きいコカトリス変異種の成体だけ。

あとの四体はその半分以下の大きさの幼体で、壁に近い所まで下がったまま固まって震えていた。

やはりあの成体の子供なのかもしれない。

しかし覗き見たコカトリス変異種は僕が想像していた以上に知っているコカトリスとは見た目が違った。

「あれがコカトリスなの？」

「はい。本来のコカトリスとは随分見かけは違いますが、飛び出ている頭と足の特徴からコカトリスと判断いたしました」

その魔物は確かに足と顔は鶏のものに似ていた。

問題はその体である。

まんまるなのだ。

まるでボールのように白い羽毛に包まれたまんまるな体。

そこから二本の足と小さな頭だけがひょっこりと突き出しているというユーモラスな姿をしている。

「でもまんまるだよ？　コカトリスってもっとこう、縦にすらっとしてるんじゃない？」

「多分あれは体毛が極端に進化したコカトリスだと思われますぞ」

僕の知っている……と言っても本で読んだだけだが、その本に描かれていたコカトリスの絵は、どちらかと言うと痩せこけて縦に長い姿形であった。

空を飛ぶ力はあまりない珍しい鳥系の魔物で、その鋭い嘴とかぎ爪で獲物を襲い、あっという間にズタズタに切り裂くと書かれていたイメージそのままで、僕はもし出会うことがあったら一目散に逃げようと心に決めたのを覚えている。

だけど、目の前の球体からは、とてもそんな凶暴な気配は感じられなかった。

確かに爪は鋭そうに見えるが、嘴は草食動物のように丸く、とても相手を突き刺せるようには思えない。

「見てくださいレスト様」

「ん？」

キエダの声に目をこらすと、もう一種類の魔物であるフォレストウルフが一匹のコカトリスへ飛びかかるところだった。

そしてその鋭い牙がコカトリスに迫った瞬間。

「えっ」

突然コカトリスの顔が消えた……いや、体毛の中に沈めたと言ったほうが正しい。

だがフォレストウルフの勢いは止まるはずもなく、その牙はコカトリスの体に正確に突き刺さり、その体から大量の血が吹き出る……と思っていた。

「あのコカトリスの毛は見た目よりかなりしっかりしているようですな。フォレストウルフの牙が体毛で止められて、体にまでは届いていない」

コカトリスの体毛に牙を阻まれたフォレストウルフだったが、それでも両足の爪を鋭く立てて、その毛を刈り取ろうと動き出す。

だが、コカトリスのほうもやられたままではなかった。

その鋭い足の爪でフォレストウルフに蹴りを放ったのである。

『キャウンッ!』

間一髪、フォレストウルフが牙を抜いて飛び避けるが、完全に避けきれず体毛と共に血が飛んだ。

一方のコカトリスも、相手の牙と爪で随分と体をまとう毛がむしり取られている。

攻めるフォレストウルフと、守りからのカウンターを狙うコカトリス。

お互いの体にはまだ致命傷という傷はないが、すでにどちらかが倒されてもおかしくない状態に見えた。

「魔物同士の戦いって初めて見たけど、凄い迫力だね」

「そうでございますな。私も若かりし頃、東の地で見て以来ですな」

キエダの謎の過去が気になった僕は、そのことを尋ねようと口を開きかけた。

だが、僕の口から出たのは全く違う言葉で――。

「キエダ!　あの左奥!」

「どうしました?」

「人が倒れてる!」

「なんですと!　あっ、確かに。あれは子供ですかな」

「助けないと」

僕はのぞき穴に向けて手を突き出す。

「レスト様!　どうなさるおつもりで?」

「まさかこの壁を崩して外に行くおつもりなのですか!　危険すぎますっ」

「わわわっ、どうしたらいいですかぁー」

慌てるキエダとテリーヌ、そしてフェイルに返事をしている暇はない。

このままではあの子は魔物たちの争いに巻き込まれてしまう。

いや、もしかしたらもう巻き込まれて、それで怪我をして倒れているのかもしれない。

だとしたら少しの猶予もない。

「クラフト!!」

僕は手のひらに意識を集中させそう叫んだ。

同時に、目の前で争っていた魔物たちの周りを、一瞬で石の檻が包み込む。

『ガウッ!』

『ピピッ!』

『ピィピィ』

フォレストウルフ、親鳥、そしてその子供たちの三つの檻をクラフトした僕は、今度は目の前の壁を素材化で消し去り、倒れている人影に向けて走った。

「大丈夫か！」

木の陰に倒れていた人物はフェイルより少し体の小さな子供のようだ。

しかしフードを目深にかぶっていて、意識があるのかどうかもよくわからない。

「おい！　しっかりしろ」

見る限り大きな怪我はなさそうで少しホッとする。

僕はゆっくりとその上半身を抱き上げ呼びかけてみた。

しかし子供は全く反応を返さない。

「まさか死んではいないよな」

僕は子供がかぶっていたフードを払いのけると、その顔に手を近づけ息をしているかを確かめた。

「息はしているな……だとするとあとは争いに巻き込まれて跳ね飛ばされた時に頭を打ったとか、魔物に襲われたショックで気絶したのかも」

「レスト様。どうですかな？」

「ああ、一応息はある。大きな怪我もしていないようだけど意識はないみたいだ」

「それは良かった。では一旦領主館のほうへ運びますか。頭を打っているかもしれませんのでなるべく体を揺らさないようにして……おや」

「どうしたキエダ」

「いえ、その子供なのですが少々耳が……普通より長くありませんか？」

キエダにそう言われて、僕は子供の顔を改めて見てみる。

少年……いや少女か？

どちらかはわからないが、泥でかなり汚れてはいるものの整った美しい顔をしているのはわかる。

将来はとんでもない美少女か美青年になるに違いない。

しかし、僕の目はキエダの言葉で、その顔の左右に付いている二つの耳に釘付けになった。

「もしかして、本当にエルフがこの島にいたのか」

その耳は人族のそれよりも明らかに長く、そして尖っていて。

僕はあの手帳のことを、自然と思い出していたのだった。

「いかがいたしますかレスト様？」

「と、とにかく今はこの子を助けるのが先決だ」

「そうでございますな」

「レスト様、この魔物たちはどうしましょう？」

「見る限りこの檻はどちらも壊せなさそうだからしばらくここに置いておこう」

「わかりました」

なぜかコカトリスではなく僕らのほうに激しく吠え立てて襲いかかろうしているフォレストウルフだったが、どれだけ暴れてもクラフトした檻はびくともしていない。

これならそのままにしておいても安心だろう。

「それじゃあ僕は先に領主館に戻って準備をしておくよ」

僕はエルフらしい子供をキエダたちに任せると、先に一人だけ領主館へ駆けた。

なぜなら昨日必要な部分だけクラフトした領主館の中には、あの子供を看病できる医務室はまだ作っていなかったからだ。

領主館の玄関に駆け込むと、丁度アグニが立っていた。

多分キッチンでの片付けを終えて、僕たちの様子を見に行こうとしていたのだろう。

「……自分も今から向かうつもりでした。何かあったのです？」

「アグニ！　急患だ。今から医務室をクラフトするから、足りないものがあったら言ってくれ」

「……いったいどういう？」

「急いで！」

僕はアグニの返事も待たず領主館の一階奥に医務室を作るために用意しておいた少し広めの部屋に飛び込む。

そしてまずは簡素なベッドと寝具をクラフトする。

次に追いついてきたアグニの指導で、必要な器具や家具をクラフトしていく。

アグニには少しだけ医療に関する知識があることを僕は知っていたので、彼女の指示に従い次々に医務室を充実させていった。

「……こんなものでいいかと」

「わかった。ありがとうアグニ。慌てさせてすまない」

「……早々に必要になる場所ですから」

病室の中にはベッドが四つと、仕切りのカーテン。

医療器具を入れておく棚や台車、机などが並んでいるが、医療関係の知識が乏しい僕が慌てて作ったからか、どれもこれも簡単な形をしていて使い勝手はわるそうだ。

「また後で作り直すとして、今はこれで我慢だな」

「……自分は物置部屋から薬の入った箱を取ってきます」

「たのむ」

アグニが部屋を出て行くと、入れ替わりにエルフの子を背負ったキエダが医務室に入ってくる。

そしてテリーヌがフェイルにアグニの手伝いを申しつけている間に、子供をベッドに横たえると、キエダも後をテリーヌに任せ物置部屋へ向かって出て行った。

「先ほど簡単に診させてもらった限りは、大きな外傷は見当たりませんでしたけれど」

テリーヌはそう言いながら、ベッドで眠るエルフの子の服を脱がすため手をかける。

この秘境に住んでいる割にはしっかりとした縫製の服で、靴も僕らが履いているものほどではないけれど普通に見えた。

「僕は外に出ていたほうが良いかな？」

「どうしてです？」

「いや、だってその子、女の子かもしれないしさ」

ベッドに横たわる子供は、見る限り女の子のように見えた。

なので、テリーヌが服を脱がすと言うなら僕はこの場にいないほうが良いだろう。

「大丈夫です。この子は男の子ですから」

「そうなのか？」

「はい。確かめましたから」

確かめたって、一体何を……いや、それは聞かなくてもわかるのであえて聞き返さない。

だけど医療知識もない僕がいても何もすることはない。

「ううっ、重い……。道具とか薬とかを持ってきたですぅ」

フェイルがフラフラとした足取りで、危なっかしく大きな木箱を抱えて医務室に戻ってくる。

続いてキエダとアグニも戻ってくると、テリーヌが少年の怪我を調べている間に箱の中のものを棚に並べていく。

このメンバーの中で、医療知識が少なからずあるのはテリーヌとアグニだ。

特にテリーヌはダイン家の医療団の一員として働いていたこともあるほどだ。

なので僕たちはその二人から指示を受けながら準備をすすめる。

棚に全てのものを入れ終わった頃、少年を診察していたテリーヌから声がかかった。

「アグニ、消毒液はありますか？」

「……こちらに」

「とりあえず大きな傷はないようですので、消毒だけしておきますね」

彼女の声音は、軽傷だという言葉とは裏腹になぜか辛そうに聞こえた。

僕は不安を感じてテリーヌと少年の側に行くと、傷口を消毒している彼女に声をかけた。

「テリーヌ、どうかしたの？」

「傷は浅いですし、頭を打ったような形跡も見当たらないのですが……」

そこまで言って口を閉じた彼女は、少しだけ逡巡した後に顔を上げると、予想外の言葉を口にした。

「この子は脳しんとうで倒れたわけでも、魔物の戦いを見て気絶したわけでもなくて『スレイダ病』という病を患っていて、それが原因で倒れたようですわ」

そうテリーヌは告げる。

「スレイダ病って、聞いたことがない病気だけど」

「多分ですけれど、この地の特有の病気だと思います。その病にかかると徐々に体力を奪われ体が動かなくなり、そして……最終的には衰弱死してしまうらしいのです」

「それじゃあこの子は衰弱して倒れたってこと？　魔物は関係なく？」

僕の問いかけに無言で頷くテリーヌに、僕はさらに問いを投げかける。

「それで、そのスレイダ病を治す薬はこの中にあるのかい？」

医務室の棚に綺麗に並べられた薬瓶を指し示しながらそう聞くと、彼女は静かに首を振った。

「必要な薬はある程度は持ってきたつもりだけどないのか」

「はい。そもそもスレイダ病などという病は王国にはない病気……いえ、先ほど言ったように、この島特有の風土病みたいなものだと」

僕はテリーヌのその言葉に愕然とする。

同じように医務室の中の面々の表情が曇る。

重い空気が流れる中、僕はベッドの上で眠るエルフの少年の顔を見ながら両手の拳を痛いほど握りしめた。

つまり僕らはこのまま少年が衰弱死するのを見守るしかないというのか。

この島で初めて出会った島民を、何もできずに失うなんて。

僕のクラフトスキルではいろいろなものを作り出せても病を治すことはできない。

自然と悔し涙が目尻に浮かびかけた。

「一つだけ、この子を助ける方法があります」

そんな僕を見上げ、何かを決意したような表情でテリーヌが口を開いた。

助ける方法がある？

だったらなぜそれを先に言わないのか。

「ただ確実ではありませんし、もしかするとかなりの危険を伴う可能性があります」

「危険でもなんでもやるしかないでしょ。この子だって僕の大切な領民なんだから」

そうだ。

この子自身はどう思っているかは知らないが、この島は僕の領地だ。

だとすればここに住む人々は人間だろうとエルフだろうと僕の大切な領民に違いない。

「特効薬さえあればスレイダ病は治ります」

「薬って、作り方はわかるのかい？」

「わからなければこんな話はいたしません」

「だってスレイダ病はこの島だけの風土病みたいなものなんだろ？　その薬の作り方をどうして君が……」

そこまで口にして僕は気がついた。

そうだ、このスレイダ病という病気は彼女曰くこの島特有の病気で、外の世界には存在しないもののはずだ。

なのに、どうしてテリーヌはその名前を知っていたのか。

それどころか、診察して症状まで知っているうえに、さらには特効薬の作り方すらわかると言う。

僕がその考えに至ったのを察したのだろう。

テリーヌは一度だけ僕からエルフの少年に目を向けてから、もう一度僕の目を見上げてその口を開くと――

「レスト様には教えておくべきだとずっと思ってはいたのですが……実は私はギフトの力で人の病気とその原因、その治癒方法と薬の製法までわかるのです」

そんな彼女が今まで隠していた自分の秘密について告白したのであった。

「そんな凄いギフトを持っていたのに、どうして今まで隠していたんだい？」

「それは……私はこの力のせいで家族を……失ったからです」

テリーヌはなぜ自らの力を秘密にしてきたのかを、全てではないが教えてくれた。

彼女は小さい頃に死神と呼ばれていたのだという。

なぜなら彼女はもうすぐ死ぬ人を何人も言い当てていたのだ。

「まだ幼かった私は、自分の力のこともよくわからず。ただ頭に浮かんだことをそのまま口にしてしまったのです」

やがて村人や家族からも気味悪がられ、一人村を追い出された彼女を偶然救ったのがダイン家の使いで地方の町に出向いていたキエダだったのだという。

そしてキエダが連れてきた身元もしれぬ少女を貴族家のメイド見習いとして受け入れたのが僕の母であるらしい。

僕がまだ物心が付く前の話だ。

「私はキエダ様と奥様に相談したうえで、この力のことは秘密にすることにしました」

「どうして？　そんな素晴らしい力があるなら、もしかしたら王国のお抱え医師にでもなれたかもしれないのに」

僕がそう口にすると彼女は頭を振って「私の力はそんなに万能ではありませんレスト様」と呟くように答え、涙を一粒落とした。

いったいどうしたんだと、僕は彼女の側に近寄ろうとする。

だけどその肩をキエダの大きな手が掴んで押しとどめられてしまう。

「レスト様。様々な病のことがわかっていても、その力で救えなかった命もあるのです……」

「救えなかった……命？」

「はい。レスト様のお母上様でございます」

母は、僕がまだ幼い頃に病で命を落とした。

それが一体どんな病だったのか僕は知らないが、王国でも有数の貴族家であるダイン家の力を持ってしても治すことができないほどのものだった。

「私が初めて奥様と会った日。力のことを相談したあの時に知ってしまったのです。奥様がもう手の尽くしようがないほど病にむしばまれていると」

母の病を知ってからテリーヌは、母の従者となり共に病と戦うことを決意した。

彼女が母と過ごしたのはごくわずかの年月。

その間、時間を見つけては医学の学校に通い、医療知識も身につけていった。

しかし、それでも母の病は治すことができないという事実は変わらず。

大事な人が死ぬとわかっているのに何もできないという時間は、彼女にはとても辛いもので。

だけど母はそんな彼女を優しく見守り、自らの命が消える最後のその日も共に過ごしてくれたのだという。

「なので私はこの力を使うことを止めたのです……ですが」

「ありがとう」

「えっ」

僕はキエダの手が離れるのを感じてテリーヌに歩み寄る。

そして彼女の手を両手で包み込むと感謝の言葉を告げた。

「きっと母はテリーヌのおかげで、最後まで優しく穏やかに過ごすことができたんだと思うよ」

「そう……なのでしょうか。私が奥様に死期を教えてしまって、苦しませてしまったのではないでしょうか」

「そんなわけないだろ。だったら最後まで君を近くに置くなんてことはないはずさ」

僕はそうきっぱり言い切る。

そしてテリーヌの目を見つめ返しながら言う。

「その君の力を、これからは僕に……いや、この領地の人々のために使ってほしい」

「……」

「だから、今はこの子の命を助けよう！　テリーヌがまだ助かるというなら確実にこの子は助かる」

「……わかりました。私の力が役に立つのなら。でも先ほど言ったように危険かもしれません」

「大丈夫さ。ここにいるみんなと僕を信じてほしい」

僕がそう言うと、テリーヌは少し表情を緩め、スレイダ病の特効薬について教えてくれた。

「――以上の薬草を煎じて混ぜ合わせることで特効薬が作れるはずです。ですが、私も実際に見たこともない薬草も混じっていて、ここにある材料だけでは足りないのです」

「その薬草って、もしかしてこの島にしか自生してない薬草ってこと？」

「そうだと思います。なので、その薬草を探しに危険なあの森の奥まで行かないと……」

「うん、ちょっと待って。足りない薬草って、さっき言ってたうちのどれ？」

「エノダキ草です」

「エノダキ草か。他には？」

「他は王都から持ってきたもので足ります。ですがエノダキ草という薬草だけは私も初めて知った薬草で、三角形を二つ並べたような形をしているらしいのですが」

僕はテリーヌのその言葉を聞いて頭の中の素材収納を検索する。

「あ、あったあった」

「えっ」

テリーヌから必要な薬草の名前を聞いていて、どこかで見たような名前だと思っていた。

どこで見たのかと考えていたら、僕の素材収納にその名前があったのを思いだしたのである。

「ここに来るまでに道を作ったり、この拠点の草とか素材化して綺麗にしたじゃない。その時素材化した中にエノダキ草が混じってたみたい」

「「「ええええええ」」」ですぅ」

その場で話を聞いていた一同が驚きの声を上げる中、僕は手のひらの上にその草を取りだしてテリーヌに見せる。

彼女はさっきまでの悲しそうな顔はどこへやらといった驚きの表情で、僕の手からエノダキ草をつまみ取ると、しげしげとそれを眺めた。

そして、一つ大きく溜息のような息を吐き出すと、僕の手に草を戻してから言った。

「間違いありません。それがエノダキ草です」

「いやぁ、偶然って恐ろしいね。これさえあれば特効薬が作れるんだよね？」

「はい」

「じゃあエノダキ草と、この部屋にある材料で素材は全部揃ったわけだ」

「そうです。それでレシピと調合は……」

「うん、それはさっき聞いたから大丈夫」

「それではアグニ。機材を準備してくれるかしら」

テリーヌはそう言うと椅子から立ち上がり腕まくりをする。

だけど僕はそんな彼女に向けて手を差し出すと、その手のひらに一本の薬瓶をクラフトで作り出して置いた。

「はい、スレイダ病の特効薬ね」

「えっ」

「いや、材料が揃っていて作り方がわかっているなら、あとは僕のクラフトで作れば良いだけだからさ」

なぜだろう。

医務室の中になんだか不思議な沈黙が訪れてしまった。

「な、なんだよみんな。ここは喜ぶところじゃないの？」

その空気にいたたまれなくなってきて僕は叫ぶ。

だけどそれに対する返答は――

「はぁ……レスト様ってば、空気が読めないというかなんというか、いろいろ台なしなのですぅ」

という、いつもは一番空気が読めないフェイルの呆れたような言葉だけだった。

＊　＊　＊

拠点の近くで拾ったエルフらしき少年。

その少年が倒れていた近くで争っていた魔物の様子を見に、僕は壁の外に来ていた。

特効薬をクラフトしたあと、なぜだか微妙にいづらい空気を感じた僕は、魔物たちの様子を見てくると言い残して領主館を逃げるように出てここまで早足で歩いてきた。

慌てていたために素材化で壁を消してしまっていたことに今さらながら気がついた僕は、慌てて今度は魔物たちを捕まえた檻を囲むように壁を凸の形のようにクラフトする。

しかしテリーヌたちはもとより、キエダも壁を開放したままだったことに気が回らなかったのは、よほどあの少年をみんなが心配していたということでもある。

しかし檻の中にいる二種類の魔物を見ながら思うのだけど、壁を修復する前にこの魔物の仲間たちが拠点に入り込んで来ていたら大変だったかもしれない。

「お前たちはあとでちゃんと逃がしてあげるから、それまではおとなしくしてろよ」

この二種類の魔物は確かに凶暴そうに見える。

実際戦う姿は、まともに魔物を見たことがない僕にとっては衝撃的でかなり恐怖は感じた。

しかし僕たちが襲われたわけではないし、あの少年も結局魔物のせいで倒れていたわけではないとわかった以上、無為に殺すこともないと思っている。

「それにしてもお前たちおとなしいな。戦っていた時はあれだけ激しかったのに」

フォレストウルフ変異種の魔物は、自らの傷をペロペロと舐めてはいるものの、僕がやって来てもうなり声を上げることすらなかった。

一方のコカトリス変異種の魔物のほうも、今は自らの毛を嘴で突いて整えているだけで害意は見えない。

コカトリスの子供たちに至っては四羽固まって、一つの毛玉のようになって眠っているようだ。

その姿はまるでぬいぐるみのようで、とても愛らしい。

だけど、それでもコカトリスの子供だ。

きっとその体には幼体と言えど親と同じように鋭い爪を隠しているに違いない。

かわいい外見に騙されて、油断して近づくのはとても危険な行為だ。

「まったく。なんなんだろうなこいつらは。どうして子供の側で争ってたのかね」

僕が改めて檻の中を眺めていると、後ろから僕を呼ぶ声が聞こえた。

あの声はアグニか。

「……レスト様、あの子供の目が覚めました」

「そうか、大丈夫そうだった？」

「……レスト様が作った薬が効いたみたいです。テリーヌがもう大丈夫だと」

その報告にホッと胸をなで下ろす。

どうやらテリーヌが生まれながらに授かっていたというギフトスキル【メディカル】は本物だった

ことがこれで証明された。

「……レスト様。それでレスト様も一旦お戻りになられてはどうかとテリーヌが――」

僕の近くまで歩いてきたアグニだったが、そこまで口にしたところで一瞬言葉を止めた。

「なっ、なっ、なんですかこれーっ‼」

次の瞬間、いつも落ち着いている言葉少なな彼女のものとは思えない突然素っ頓狂な悲鳴に似た声が彼女の口から放たれたのである。

「な、何って……」

もしかしてアグニは魔物を見たことがないのだろうか。

彼女はたしか王都生まれの王都育ちだったはず。

それなら僕と同じく魔物の実物というものをあまり見たことがないのかもしれない。

「この二種類の大きい獣に見える生き物は魔物なんだ。魔物って知ってるよね？」

といっても魔物と獣は見かけだけではわかりにくい場合も多い。

なぜならその二つを分けるのは彼らがどんな力によって動いているかの違いだけだからだ。

人間を始め、獣などは心臓から体中に血液を送り出すことで生命を維持している。

一方魔物の場合は心臓の代わりに魔石という魔力の固まりを持っていて、そこから出る魔力の力を利用して生きている。

ただ、理由はよくわかっていないが魔石を持つ魔物は、基本的に獣よりも体が大きく、そして凶暴な場合が多い。

もちろん獣の中にも凶暴なものは存在するが、魔物の力とは比べるべくもない。

「これが……魔物……」

「びっくりした？」

「ええ。まさか魔物というものがこんなに――」

アグニはその身を震わせて目の前の檻の中を凝視する。

その目は恐怖に揺れているように見えた。

しかしそれは僕の思い込みによる大きな勘違いだった。

「こんなにもふもふでかわいい生き物だなんてーっ!!」

「ええええええええええっ」

突然叫んで、丸まったまま寝ているコカトリスの子供が入っている檻に飛びつくアグニを僕は止めることができなかった。

アグニはそのまま檻に取り付くと、その格子の間からコカトリスの子供を触ろうと手を伸ばした。

「ちょっ、ちょっとアグニ！　危ないよ!!」

僕は突然危険な行動に走ったアグニを後ろから羽交い締めにすると、檻から無理やり引き剥がそうと力一杯後ろに引っ張る。

だが、アグニは必死な形相で檻にしがみついて離れようとしない。

僕が全力を出しているというのにビクともしないその執念と叫び声に、檻の中の幼鳥が目を覚ましてアグニの取り付いているのとは反対側へ逃げていく。

「離してっ！　生きたぬいぐるみが！　生きたぬいぐるみがそこにっ！」

「それはぬいぐるみじゃないってば！　危険な魔物なのっ」

「あんなにかわいいのにどこが危険なのっ。離してっ！」

僕はアグニの言葉を聞いて理解した。

無類のぬいぐるみ好きの彼女は、あの毛玉のようになったコカトリスの子供を見て、その愛らしさに魅入られてしまったのだろう。

幸いにも親コカトリスはそんなアグニを見ても特に警戒心を抱かなかったのか平然としている。

「親が大人しくしているうちに離れるんだ！」

「いやです。せめて指先だけでも触らせてぇ」

そんな姿のアグニを見て、もうここには近寄らせないようにしなければと心に誓う。

僕とアグニのそんなやりとりは、結局いつまでも僕たちが戻らないことに心配したキエダがやってくるまで続くことになった。

「まったく何をしているのか。メイドとしてあるまじき失態ですぞ」

そんなキエダの説教と、珍しく怒られているアグニを置いて僕は、キエダに促され一足先にエルフの少年のもとに向かった。

「ごめん、遅くなった」

医務室に入ると、僕はそう言いながらベッドの上に目を向ける。

そこには上体をフェイルに支えられながら、テリーヌに何かを食べさせてもらっている少年がいた。

多分衰弱した体に優しいスープのようなものだろう。

「テリーヌ、その子はもう大丈夫なのかい？」

僕は部屋の入口近くにあった椅子を持ってベッド脇まで歩み寄ると、テリーヌの隣に座った。

突然やって来た見知らぬ男に、ベッドの上の少年があからさまに怯えた表情を見せる。

怯えさせるつもりはなかったが、最初に自己紹介でもしておくべきだっただろうか。

そんなことを考えていると、テリーヌは優しく怯えた少年の頭を撫でながら「大丈夫よ」と声をかけてから僕に振り返った。

「私のギフトで調べましたが、彼の体からは病の反応は既にございませんでした」

「そうか。それはよかった」

僕が大きく安堵の息を漏らすと、テリーヌは医務室の扉のほうを見てから僕に尋ねた。

「ところでアグニとキエダは一緒では？」

「ああ、あの二人なら後で来るよ」

「そうですか。何かあったのですか？」

「いや、特に何も」

僕はキエダに珍しく説教をされ涙目だったアグニのことを思い出しながら答える。

キエダには他のみんなにはアグニの奇行については秘密にしておいてあげてねと言い含めておいたので、とりあえず今日のところは大丈夫だろう。

まぁ、あの状態じゃすぐにみんなにもバレるだろうけども。

それよりも今は目の前の少年のほうが重要だ。

「話せるかな？」

先ほど浮かべていた怯えた表情は、テリーヌのおかげか治まっているようだ。

「少しだけなら大丈夫だと思いますけれど」

「それじゃあ話をさせてほしい」

僕は少年をできるだけ脅かさないように意識しながら優しい声で話しかけた。

「やぁ、こんにちは。僕はこの館の主のレスト・カイエルだ。君の名前を教えてくれるかな？」

「……」

「大丈夫よ。このお方は私たちのご主人様で、貴方を助けてくれた人でもあるの」

「あっちを？」

「そうよ。だからさっき私たちに話してくれたことをもう一度レスト様に話してくれる？」

少年の緊張を和らげようと、テリーヌが優しくフォローをしてくれる。

フェイルも、彼女にしては珍しく優しい顔で少年の背中をささえて黙って見つめている。

「あっちってどっちだ？」

「レスト様。彼の言う『あっち』というのは『私』という意味らしいですわ」

「そうなんだ。それで名前は教えてくれるのかい？」

僕はもう一度少年に同じように尋ねてみる。

少年は一度だけテリーヌを見てから僕に目線を戻すと口を開く。

「あっちの名前はコリトコ……」

「コリトコくんって言うのか。それでコリトコくんはどうしてあんな所で倒れていたんだい？　もしかして君の村はこの近くにあるのかな？」

その問いかけにコリトコは僅かに表情を暗くすると、俯いて無言で頭を振って否定する。

だとするとこんな十歳くらいの子供が、一人で村から遠く離れた場所にやって来たというのだろうか。

「あっち……病気になったから村を……」

俯いたまま小さな声でそう答えたコリトコ。

その声には少し嗚咽が混じっているように聞こえ、僕は彼の顔を覗き込む。

「みんなに病気を移すわけにはいかないから。村の掟でも病気になったら出て行かなきゃいけなくて」

膝にかけられたシーツに一粒の涙が落ちる。

泣いている……。

コリトコは自分の境遇を思い出して泣いていたのだ。

僕は彼が泣き止むのを待ってから、なるべく急かさないようにゆっくりと話を聞き出していった。

時々テリーヌやフェイルのフォローを受けながら、今のコリトコの体力を配慮しつつゆっくりと。

途中でキエダとアグニがいつもと変わらない風体で帰ってきたが、僕たちの様子を見てアグニが「……何か食べ物作ってきます」と出て行くと、キエダもそれを手伝うために続いて医務室を後にした。

多分アグニがまた魔物のところに行くのではないかと心配したのだろう。

「寝ちゃったな」

「そうですね」

僕たちの話を聞いて、自分の病気が完治したことをやっと信じたコリトコは、安心したようにフェイルの腕にもたれかかるようにして眠ってしまった。

その寝顔はやっぱりまだ小さな子供でしかない。

そんな子供が一人、病に冒されて村を出ることになったのだ。

その心を思うとやるせない気持ちになる。

たとえ彼が人族と違うレッサーエルフ族だと言っても、子供であることには変わりはしない。

そう。

コリトコの話を聞いてわかったことがある。

彼は自分のことをエルフではなくレッサーエルフだと答えたのである。

「それにしてもレッサーエルフか。この島は魔物も植物も、そして住んでいる者たちも島外とは全く違うんだな」

僕はベッドに眠る少年の顔を見つめながら呟く。

確かにコリトコの耳は、かつて王都に別大陸からの使者としてやって来た時に垣間見たエルフ族に比べると短い。

人族よりは長く尖っているものの、髪を長くすれば隠してしまえる程度だろう。

大人になればもう少し長くなるのかもしれないが、子供であるコリトコだとその程度だ。

「そうですね。でもエルフより劣る者《レッサーエルフ》と自らのことを称する理由はなんなのでしょうね」

「エルフより小さき者《レッサーエルフ》って意味かもしれないよ。でもまぁ、それもコリトコの住んでいた村にいる長老様に聞けばわかるんじゃないかな」

僕はそう言いながら椅子から立ち上がると大きく伸びをした。

「んーっ。さてと」

コリトコの看病についている二人に、簡単な指示をする。

「フェイルはこのままコリトコを看ていてくれ。テリーヌは僕と一緒に食堂に来てくれるか？」

「えーっ、私だけおやつ抜きですぅ？」

食堂という言葉にフェイルが口をとがらす。

どうやらアグニが何か食べるものを作ると言っていたのを覚えていたらしい。

先ほどまでコリトコ相手に見せていた、優しいお姉ちゃんのような顔はそこにはない。

「別におやつを食べに行くわけじゃないんだが……。わかったよ、アグニにちゃんとフェイルの分もここに持って来るように言うから」

「はーい。わかりましたです」

僕は「それじゃ、行こうか」とテリーヌに告げると医務室の出口に向かった。

これから僕が食堂に向かう理由はおやつでは断じてない。

たしかにちょっと小腹が空いたような気がするので、何か軽いものを食べることに関してはやぶさかではないが、断じてそれだけが目的ではないのだ。

アグニの焼くクッキーは絶品で、それを楽しみにしているとか……少ししか思っていない。

「レスト様、何か必要なものはございますか？」

「そうだな。大きめの紙と筆記用具くらいはあったほうが良いかもね」

「わかりました。それでは物置部屋から取ってまいりますので、レスト様はお先に」

「ありがとう、頼むよ」

そう、僕がこれからやるのは作戦会議だ。

本来ならこの拠点をある程度開発してから周囲の探索と開拓を進めるつもりだった。

だけどコリトコがやって来たことで、その計画は大幅に修正する必要が出てきたのである。

「やることが増えたから、もっと忙しくなりそうだな」

僕はそう呟きながら、食堂のほうから流れてくる美味しそうなクッキーの香りに導かれるように足取り軽く歩き出すのだった。

【 第三章 】
魔物たちを仲間にしよう！

僕とキエダ、テリーヌ、それといつもの様子に戻ったアグニの四人は今、食堂で美しい装飾のされた皿に並べられたクッキーをつまみながら話をしていた。

この皿は僕がクラフトしたものだが、その美しいデザインはなんとあのドジっ子メイドであるフェイルの手によるものである。

誰にでも取り柄というものはあるものだ。

彼女はメイドよりも芸術のほうに進んだほうが大成していたのではなかろうかと僕は常々思っている。

「それでコリトコ殿の村を捜すおつもりだと?」

「彼が村を出なければならなかった理由がスレイダ病だとすれば、それさえ完治したならば戻ってもなんの問題もないはずだろ?」

さすがに短時間の会話では詳しく聞き出せなかったが、コリトコはまだ子供だ。

多分両親もいるだろうし、その両親にしてみても息子を死出の旅へ送り出すのは苦渋の選択だったはずだ。

それぞれの土地の風習や決まりごとに、余所からやってきた者がとやかく言うのは筋違いだとは思っている。

そういったものは、その地で必要性があって作られ受け継がれている物だからだ。

とくにコリトコが患っていたスレイダ病というのは一種の流行病であるという。

医療設備も知識も乏しい土地では、流行病が蔓延すればそれは即全滅に繋がる。

だから僕はコリトコを追放するという判断をした両親や村人を責めようとは思わない。

だけどその道を選ばざるを得なかった原因がなくなれば元に戻れると僕は思っている。

「そうですな。彼が戻りたいと言うのであれば協力するべきでしょう」

「ですけど、一度追い出した子供を受け入れてくれるでしょうか？」

「……酷いことをした村に帰す必要を感じません」

テリーヌの言葉にアグニが怒りを含んだ声音で続く。

確かに彼女たちの気持ちはわかる。

僕だって正直言えば病気の子供を追い出した人々を許せない気持ちもある。

でも、ここは王都ではないのだ。

「聞いてくれ。たしかにコリトコに対してその村は酷いことをしたと思う。でもね、ここはすぐにでも薬が手に入ったりもしないし、多分医者と呼べるほど知識を持った者もいない。ましてや彼の話を聞く限り治療系のギフトを持つ者もいない土地なんだ」

そんな中で流行病になる可能性を秘めた病を発症した者がいたら、その集まりのトップとしたらどうすればいい。

感情だけで動いて、村の人々を全滅させるか、一人を放逐することで村を救うか。

多分コリトコの村はそういう決断を昔から何度も繰り返してきたのだと思う。

だから、彼の村は【掟】としてそれを決めたのだ。

そのことを僕は話して聞かせる。

「僕も人の上に立つ貴族としての勉強はしてきた。帝王学も学んだ。上に立つものは時に残酷だと言われようともその決断を下さないといけない時が来るんだ。そしてその責任を背負う覚悟も……」

「立派になられましたなレスト様」

「……そんなの辛すぎる」

「レスト様……」

三者三様の反応。

始めから僕の考えに賛同してくれていたキエダ以外の二人の言葉から、彼女たちが納得がいっていないのが伝わってくる。

なので僕はさらに言葉を続けた。

「だから僕がここにいる」

「えっ」

「僕が……いや、僕たちがそんな掟がもう必要ないようにこの島を変えてやればいいのさ」

僕は取り繕った真面目な顔を捨て去り、アグニに言わせれば『不真面目そう』な、いつもの表情に戻して言った。

そう、僕たちにはそれを変える力がある。

「だって、僕たちにはテリーヌっていう最高の医療ギフト持ちと、僕という最強の生産ギフト持ちがいるんだよ？　それにキエダやアグニだって、この島にはない知識と技術を持っているだろ」

この地に蔓延る病がどれほど特殊だろうとも、僕たちならそんなものはあっという間に駆逐してやれるのだ。

だったら、そんな【掟】に苦しんでいる人たちを救わない手はないだろう。

まぁ、素材探しとかも必要になるだろうから大変なのはわかっているけども、それでも僕たちならなんとかできると信じている。

「レスト様。私は」

「大丈夫だよテリーヌ。もう二度と君を苦しませるようなことはさせない」

治せる病なら全て治してみせるという思いを込めて、僕はテリーヌを見ながら強く頷く。

「わかりました。コリトコくんのような子供を二度と出さないためにも私、頑張って強くなります」

そんな僕の瞳をしっかりと見返し、テリーヌが強い瞳で頷き返す。

「……少し聞きたいことが」

続いて今度はアグニがおずおずとした様子で口を開いた。

「……その村にはかわいい動物とかいます？」

「家畜くらいはいるんじゃないか？」

「……家畜……家畜……少し考えさせてください」

「お、おう」

アグニが何を考えているのかは大体察したが、これ以上藪に棒を突っ込んで蛇を出す必要もないだろう。

僕はそう判断して隣に座ったキエダに目を向ける。

「私はいつでも、どんな時であろうともレスト様の判断に従いますぞ」

「ありがとう、頼りにしているよ」

僕はそれだけを告げると、具体的な話をするためにポケットの中からあるものを取りだした。

それは調査団本部跡地で拾った手帳である。

「これは？」

「あの時の手帳ですな」

「？」

不思議そうにそれを見つめる三人に僕は話を続ける。

「この手帳はこの島のことを調べるために送り込まれた調査団の団長が使っていた手帳だ。ここには彼らが調べた内容が書かれていたんだ」

「たしか報告書にまとめる前の草稿やメモが書き記されていたのでしたな」

「そう。ただ最後の最後のページに、実は報告書にない記述が残っていた」

最後の一ページに書かれていたのは『第三調査団の報告ではこの島には先住民がいる可能性があるとのこと。調査の延長が必要か？』という殴り書きがあり、さらにそれが取り消し線で消されていた。

しかしそれ以外に僕が発見した物があった。

「話そうと思ってすっかり忘れていたんだけど、これを見てほしい」

僕は手帳を開くと最後の一ページを開いてみんなに見せた。

そこには『第三調査団の報告ではこの島には先住民がいる可能性があるとのこと。調査の延長が必要か？』という文章があり、その周りの何カ所かを僕が鉛筆で塗りつぶし、いくつかの文字が浮かんでいた。

「これは……ちぎり取られたページに書いた文字の跡が写っていたのですな」

「ちょうど光の加減で何か書いてあるのが見えてね。鉛筆でこすってみたんだ」

塗りつぶされた場所に白く浮かび上がった『森の奥の泉』『魔物に乗った人影』『子供』の文字。

もしこの内容がコリトコたちレッサーエルフのことを指し示していたとすれば、コリトコの村の位置が絞り込めるかもしれない。

「調査団だってこの拠点を中心にかなりの範囲は調査してるはずだし、その範囲内に村が見つかったなんていう報告はないから、コリトコの村はもっと遠くにあるんだと思う」

「とするとこの『森の奥の泉』とやらのさらに先の可能性が高いですな」

「その泉の場所をまずは特定する必要があるけど、調査団の残した地図にはたしか三つの泉が記載されていたはずだから、そのどれかだと思う」

「私の記憶では全部森の中だったはずですぞ」

「そうなんだよね。全部『森の奥の泉』だから全部に可能性があるわけだよ」

僕は小さく溜息をつく。

「コリトコ自身が村の場所を教えてくれればそれが一番楽なんだけどね。病み上がりで無茶もさせられないし」

僕はそう言いながらテリーヌのほうを見る。

「そうですね。随分と衰弱しているようですし、あと四日……五日ほどは安静にしていたほうがよろしいかと思います」

「それじゃあそれまでは拠点の開発を先に進めておこうか」

本当は今からでも村を捜しに行きたいという気持ちはある。

だけど冷静に考えてほとんど手がかりのない状況では無理だ。

あの手帳の記述も場所を特定する情報というにはほど遠い。

「それと、あの魔物たちをどうするかだなぁ」

「倒してしまうのが一番安全で確実ではありますが」

「でも魔物とはいえ、僕たちにもコリトコにも危害を加えたわけじゃないからな。それは気が引けるよ」

「では様子を見てそれぞれ解放いたしましょう」

「それが一番いいかな。それでももし僕らを襲ってくるようならその時は」

「はい。その時は私が倒しましょう」

キエダと魔物たちのことについて話していると、テリーヌが手を上げて発言を求めてきた。

どうやら僕が戻ってくるまでにテリーヌは、コリトコから魔物たちがどうして争っていて、自分がなぜあそこに倒れていたのかを聞いたのだという。

「コリトコくんが目覚めてすぐでした。とても心配そうに私に聞くのです。『ファルシはどこ?』『ファルシは無事なの?』って」

「ファルシ？」

「私も一体なんのことだかわからなかったので聞き返したのですが、ファルシというのはあのフォレストウルフ変異体の名前で、コリトコの友達らしいのです」

＊　＊　＊

「それじゃあいっくよー!!」

「はーい」

「お願いしますレスト様」

「……了解しました」

僕は三方に離れたみんなに向けて大きく手を上げて合図をすると、そのまま手のひらを地面に向けて素材化を発動させた。

ぼこぼこぼこっ。

僕の足下から三方で待つ家臣たちに向けて人ひとり分ぐらいの深さで地面が次々と消えていく。

「よし、次っ」

ちょうど三方のみんなと僕を結んだ四角形に掘られた穴に向けて、今度はクラフトを使い、何種類かの素材を混ぜ合わせた新しい土を入れていく。

本の知識をもとに適度な栄養を含ませ、空気と水分も混じり合わせた畑用の最高の土だ。

「一つ目完成！」

「見事ですレスト様」

「もう少し離れたところで穴を掘ってくださいよう。　私、落ちちゃうかと思っちゃったですよ」

「……とても温かくて良い土です」

今僕は、拠点の端に畑を作っている。

ここには元々調査団が長期滞在するための食糧確保用畑と研究用畑をいくつか作っていたらしく、農機具の残骸が畑の跡地に朽ちた姿を晒していた。

せっかくなので、使えそうな農機具は素材化の後にクラフトでピカピカの新品に作り直し、固まってしまっていた畑の土の入れ替え作業をすることにしたのだ。

みんなには作る予定の畑が真四角になるように、目印として三方に立ってもらっていたが、おかげで綺麗な四角い畑が出来上がったのである。

「さぁ次に行くよ」

「ええー。少し休憩しないですかぁ？」

「だめだよ。お昼までには四つの畑を作るって言っておいただろ」

「あと三つ……そうしたらお茶休憩してもいいです？」

「ああ、かまわないよ。だからいつまでも座り込んでないで次の場所に移動して」

大して働いてもいないはずなのに泣き言を言い出したフェイルに、僕は少しだけ怖い顔をして見せた。

――つもりだったが。

「ぷはぁっ、なんなのですレスト様。その顔っ」

思いっきり笑われてしまった……解せない。

「はいはい。どうせ真面目な顔は似合わないって言いたいんだろ」

「そんなことはありませんぞ。レスト様はどんな顔をしていても十分凛々しいと私は思っておりますぞ」

「……フェイルの笑いのツボがおかしいだけです……でも凛々しくは見えないけれど」

「アグニ。小さな声で言っても聞こえてるからな」

なんだかフォローなのかどうなのかわからないことを言われた僕は、元の緩んだ表情に戻すと次の畑の場所へとっとと移動することにした。

「ったく、わかったよもう。さっさと次行くよ！」

笑いながら歩いてくるフェイルを含めた三人がまた三方の位置に着いたのを見て、先ほどと同じように素材化からクラフトで畑を作る。

笑われた腹いせに素材化で穴を開けた時、先ほどよりもっとフェイルの足下ギリギリまで素材化してやって腰を抜かしたフェイルを指さして笑ったら、キエダに大人げないですぞと怒られた……解せない。

そうやって無事四つの畑を作り終えた僕らは、拠点中央にクラフトで作った休憩所へ向かう。

今日は外でお昼を食べる予定だ。

なのでそこではテリーヌが僕たちのために冷たい紅茶と、アグニが朝食と一緒に用意した手製のパンとスープを準備して待っていてくれている。

そこは初日に壁を作った後、休憩をした場所で、元々荷物の積み卸しなどに使っていたのか、この辺りだけ少し舗装されていたのを僕が補強して、さらに休憩所に仕立て上げたというわけである。

「はぁ。疲れたです。もう歩けないですぅ」

「フェイルは最初の片付け以外は立っていただけじゃないか」

「そうですけど、その後も笑い疲れたっていうか」

「腰を抜かしてたくせに」

「あれはレスト様が意地悪するからです！」

僕らはそんなじゃれ合いをしつつ、休憩所にたどり着く。

そこにはテーブルセットと物置台。

そして日差しを避けるための屋根という簡単な造りの休憩所であった。

どうせこの場所は、拠点の開発が一段落すれば取り壊してしまう予定なので、そこまで凝ったものは必要ないからだ。

「あっ、コリトコくん。体はもう平気です？」

休憩所の中、先にそこに来て椅子に座って僕たちを待っていたレッサーエルフの少年コリトコだ。

その姿を認めたフェイルは、僕との会話をあっさり切り上げて彼に笑顔で声をかけた。

さっきまで「もう歩けないですぅ」とか言っていたのはなんだったのか。

「レスト様。お疲れ様です」

「領主様、こんにちは」

僕が休憩所の屋根の下に入ると、テリーヌとコリトコがそう言って揃って軽く頭を下げた。

「準備ありがとうテリーヌ。コリトコくんも、随分顔色が良くなったね」

そう言ってコリトコの頭を撫でてやると、彼はその特徴的な耳をパタパタとはためかせくすぐったそうに目を閉じる。

かわいい。

男の子だというのに凄くかわいい。

これがエルフの血というものか。

「ま、まぁ。まだ無理しないようにね」

「はい！」

僕はこのままでは危険だと判断し、コリトコの頭から手を離すとそそくさと自分の席に座ることにした。

コリトコの世話はフェイルがやってくれるだろうし。

ちょっと甘やかしすぎている感も否めないが、病み上がりの子供相手にはちょうど良いくらいかもしれない。

そんなことを考えている間にも次々とテリーヌが屋敷からここまで荷物を運んできた台車から人数分の取り皿やティーカップを取りだし、テーブルの上に並べていく。

まだ野菜や果物が手に入っていないので、基本は僕の素材収納に収納できた粉もので作れるものと保存食だけだ。

結果、どうしてもパンに頼ることになるがアグニは日々の研究の結果、何種類ものパンを作ることができるようになったのであまり飽きはこない。

今日は硬くて長めのパンが、綺麗に切り分けられてテーブルの中央に置かれている。

これはそのまま食べると硬いので、スープに浸して柔らかくしてから食べると最高に美味しい。

全員が席に着くと各々の前に置かれた皿に、生野菜を使わずに調味料で作ったスープがテリーヌの手によって注がれ、美味しそうな匂いを漂わせた。

あとはいつもの干し肉、そして——

「うわぁ」

「おいしそうですぅ」

「良い色合いですな」

「……テリーヌはこの料理だけはなぜか普通に作れるので、今回は任せてみました」

みんなの視点が一つに集まった先。

大皿に干し肉と共に乗せられたその料理。

それは今朝、この領地で産み出された初めての畜産物で作られた卵焼きだったのである。

「こんな所でこんなに早く卵料理が食べられるようになるとは思いませんでした」

「落ち着いたら鶏を仕入れに行くつもりでしたが、これなら必要ありませんな」

「それもこれもコリトコのおかげだな」

「感謝感謝ですぅ」

僕たちの喜ぶ姿に、卵料理が食卓に並ぶ切っかけをくれたコリトコが少し照れながら「恩返し。大事」と応え、元気な笑顔を見せた。

どうして生卵を手に入れることができたのか。

話は少し前に戻る。


「本当にあのフォレストウルフ――いやエヴォルウルフだっけ、それがあの子の相棒だったなんてな」

コリトコの病気を僕のクラフトで作った特効薬で治してから二日後。

なんとか自らの足で歩けるようにまで回復したコリトコを連れて、僕らは魔物たちを閉じ込めている檻までやって来ていた。

なお、また正気を失う可能性があったアグニだけは、領主館でお留守番である。

「ファルシ！　ファルシ！」

『ばうわう、ばうわう』

ファルシという名前らしいエヴォルウルフの入れられた檻を見て、コリトコが駆け出す。

コリトコがその名を連呼すると、あれだけ凶暴そうに見えた魔物が思いっきり尻尾を振って甘えた鳴き声を上げ、檻の中で暴れ出した。

その姿は魔物というより普通の大型犬にしか見えない。

舌を出しながら尻尾を振って大喜びする姿からは野生も凶悪さも皆無だ。

「あっちのためにごめんよぉ」

『くぅーん』

その光景を見ながら僕は、コリトコと昨日話した内容を思い出していた。

コリトコとエヴォルウルフのファルシは、彼が幼い頃から共に過ごし、育ってきた兄弟のようなものらしい。

コリトコには少し下の妹もいるらしいのだが、それとは別に、彼はファルシのことを実の弟と思っていると言っていた。

体の大きさからコリトコよりもファルシのほうが上かと思っていたが、ファルシは十歳の魔物であるエヴォルウルフとしては若い個体なのだそうで、森で怪我をして親から見捨てられていたところをコリトコの父親が拾ってコリトコと共に育てたのだとか。

「あっちの父さんは凄いんだよ。どんな魔物や動物だってお話しして友達になっちゃうんだ」

その話を聞いた僕らが頭に浮かべたのは『ギフト』のことだった。

もしかしたら彼の父親は、動物や魔物と心を通わせることができる【テイマースキル】系のギフトを持っているのではなかろうか。

なので僕はコリトコにもう一つ尋ねてみることにした。

「君のお父さん以外に同じように魔物とお話しできる人は村にいたかい？」

その答えを僕たちは「いない」だと思っていた。

だけどコリトコが告げた答えは意外なもので。

「お父さん以外だとあっちと妹だけだと思う。でもあっちたちじゃあまだちょっとしかお話しできないけど」

それは、もしかすると彼の父のギフトと同じものをコリトコとその妹は受け継いでいると言うことだろうか。

だとするとレッサーエルフは人族と違い、遺伝でギフトを受け継ぐことができる種族ということになる。

人族の場合、親のギフトを子供が継ぐという前例はほぼなく、似たようなギフトを偶然授かったという話がある程度だ。

だけど、コリトコたちは父親の力をそのまま受け継いでいるという可能性が高い。

「あっち、十歳になってからファルシの言葉だけは大体わかるようになったんだ。あと他の魔物の言葉も少し」

コリトコの年齢をこの時初めて知ったが、まだ十歳になってそれほど日が経ってないらしい。

そんな子供が、たった一人で村から追い出されたのだと思うと胸が苦しくなる。

しかも彼自身それが当たり前のことだと納得している節があるのが切ない。

「本当はファルシは村に置いてくるつもりだったの。だって、あっちはファルシまで病気にしちゃだめだと思ったから」

しかし何かを察したのか当のファルシがずっとコリトコから離れなかったそうだ。

それでもこっそりとファルシを置いて村を出た彼だったが、後から追ってきたファルシを追い返すこともできず。

そして彼はファルシの背にまたがって村を出てなるべく遠くを目指したのだという。

やがて病はどんどん進行し、持ってきた食べ物も全て食べ尽くしてしまった彼は、遂にほとんど動けなくなった。

「食べるものもなくなっちゃって、ファルシが何か食べる物を探しに行ってる間に、もうこのまま死んじゃうんだなって思った」

ファルシは村を出てから、何度かコリトコを安全な場所に降ろして、コリトコのために木の実や果物を探しに行くことがあったのだという。

「でもファルシが降ろしてくれた近くにちょうどあのコーカ鳥の巣をみつけたの」

最後の力を振り絞って、その巣に卵でもないかと近寄った時にちょうどコーカ鳥の親子が帰ってきてしまったらしい。

「先に生まれた子供と一緒に餌を捕りに行ってたみたいで、凄く興奮してて。殺されるって思ったら戻ってきたファルシが助けてくれたの」

「それでコーカ鳥とファルシが戦うことになったわけか」

「うん。話し合う暇もなくて、それでファルシはあっちを守ろうとして怪我をしちゃって……」

結局ファルシもコーカ鳥も自分の大切なものを守るために戦っていたということがそれでわかった。

その話を聞いてから僕は檻の中の魔物たちに餌をやって様子を見てみたが、特段暴れることもなくそれぞれ干し草と干し肉を美味しそうに食べてくれた。

その姿を見る限り危険性はなさそうだと判断した僕は、今日こうしてコリトコを連れてきたわけである。

「しかし、結果的に魔物たちを殺さずに捕縛するだけで済まして良かったですな」

キエダがファルシの頭を撫でているコリトコを見ながらそう告げる。

たしかにあの時とっさに魔物を退治するのではなく捕縛することを選んだ僕の判断は結果的に正しかった。

僕のクラフトスキルなら、使い方次第であの時の魔物たちを一網打尽にすることも実は可能だった。だけど、僕はなぜか彼らを殺したくないと、とっさに思ってしまったのである。

「そうだね。もしあの時慌ててファルシを殺してしまっていたら、今頃僕はコリトコに合わす顔がなかったよ」

コリトコとファルシ。

兄弟のように育った二人の再会を見つめる僕たちだったが、それは後ろからかけられた少女の声によって中断させられた。

「レスト様、レスト様ぁ」

「なんだよフェイル。今良いところなんだから静かにしてなよ」

「でもでもぉ、あそこ見てくださいですぅ」

何度か無視をきめこんだが、それでもしつこく背中を突くフェイルに、僕は仕方なく振り返って尋ねた。

「ああもう、しつこいな。どこだよ」

「あのコーカ鳥の親の檻の中ですぅ」

フェイルが指さしていたのはコーカ鳥の親が捕獲されている檻から少し離れた場所だった。

ちょうど僕らの位置からは親鳥の姿で影になって見えていなかった場所で。

「ん？　どこ？」

「あそこですよぅ。こっち来てくださいです」

フェイルに引っ張られ少しだけ場所を移動すると、彼女が僕に見せたかったものの正体がわかった。

それは僕の頭くらいはありそうな、大きな大きな卵で、それを産んだと思われる親鳥は既にまったくその卵に興味を示していないどころか、それを檻の外へ放り出したところを見ると。

「無精卵かな？」

「かもしれませんな。たしかコカトリスも同じように有精卵は大事に扱い、無精卵は巣から捨てる習性があったはずですぞ」

だとするとこれは朗報だ。

無精卵であればコーカ鳥は僕たちが卵に手を出しても襲いかかってこないらしい。

つまりこの地に来て初めて持ってきた保存食以外のものが手に入ったわけだ。

「あたし、あの卵取ってきますです」

「大丈夫だと思うけど気をつけてな」

そう言い残して卵に向かって飛び出していったフェイルを見送った僕は、頭の中で【新鮮な食材】の可能性と、その増産計画を描き始めたのだった。

＊　＊　＊

「この辺りなら特に邪魔になるような場所でもなさそうだし大丈夫そうだね」

午前中に畑を作った僕は、種まきをアグニとフェイル、そしてキエダに任せ、畑からあまり離れていない場所を調べていた。

今から僕が作ろうとしているのは『鶏舎』である。

もちろん中で飼育するのは鶏なんかじゃない。

例のコカトリス亜種らしいコーカ鳥だ。

「これくらいの広さがあれば十分かと。それに必要になればこの拠点をさらに広げれば良いだけでございましょう？」

後ろにはテリーヌがコリトコと手を繋ぎながら、僕の作業を見守ってくれている。

「たしかに僕のクラフトを使えば安全簡単に拠点を広げることもすぐにできるもんね」

「領主様ってなんでもできちゃうんだ」

「なんでもってわけじゃないけど、作り方と材料さえあれば大体のものはクラフトできるかな。コリトコも何か欲しいものがあったら言ってくれ」

「うーん、コーカ鳥たちのおうちの後でいいからファルシのおうちも作ってほしいかな」

「それなら後で立派な犬小屋を作ってあげよう。どうせまだまだ土地は沢山空いているし、好きな場所を選んで良いぞ」

「わーい」

元々かなりの人数の調査団が暮らすために作られた拠点は、僕らだけしかいない今は無駄に広い。

王国が元々はこの島を本格的に開発しようとしていた証左である。

戦争さえ起こらなければ、今頃は普通に王国の他領のように開発されていたかもしれない。

しかしその計画が頓挫した今はどこでも選び放題である。

もちろん僕がこれから建物を作ろうと予定している場所は除いてだが。

でもこれからこの場所に住む領民が増えていけばすぐに手狭になるだろう。

その時はその時でまた考えれば良いとは言っても、区画整理くらいはやっておいたほうが良いかもしれない。

「さて、それじゃあ鶏舎をパパッとクラフトしちゃいますか」

「あっちも応援してるよ!」

コリトコの声援を背に俺は準備を始める。

「今回も素材を一旦加工してってっと」

僕は右手を鶏舎建築予定地の横の地面に向けると、領主館を作った時と同じように素材収納の中にある木を建築用にクラフトしなおして積み上げていく。

頭の中に浮かんだ設計図に必要な分だけその作業を終えると、次は土台となる石。

そして扉や柵も先にクラフトしておいた。

なんせ魔物であるコーカ鳥を飼うための鶏舎なので、普通の木だけでは強度の面で心配がある。

なので木材の中に石を埋め込んだ強度を増す加工を施したのである。

普通はこんな木と石材を組み合わせるような加工はできないが、僕のクラフトであれば可能になる。

でも正直そんな特殊な加工は面倒だし、重さもかなりのものになってしまったが、石のみだとコーカ鳥が嫌がって、卵を産まなくなるかもしれないとコリトコから聞いた以上はやらなければならない。

檻の中で卵を産んだのは、どうやらかなり珍しいことだったようだ。

「あんな見た目でも結構繊細な魔物なんだなぁ」

「うん。だからあっちたちの村でもコーカ鳥の飼育係はお父さんしかできなかったんだ」

「コリトコのお父さんがその飼育係をやっていたのは、やっぱり魔物と言葉が通じるからかな」

僕は鶏舎の資材をクラフトしながらコリトコと話をする。

畜産については、僕もキエダもメイドたちも、もちろん実体験はほとんどない。

あるのは本で手に入れた知識と、ペットを飼ったことがあるというアグニの経験だけだ。

なので実際に父親の手伝いでコーカ鳥の世話をしていたらしいコリトコの話は重要な情報源なのである。

「うん。だからお父さんは村で特別だったんだ。でも……」

そんな重鎮のような立場の者の子供でも捨てられる。

この島はそれほど厳しい場所なのだろう。

だけど、それも全て僕が赴任する前までの話だ。

これから全てが変わる。

変えてみせる。

僕はこの島を楽園に変えて、みんなで楽しく余生を過ごすんだ。

「領主様？」

「レスト様。目を覚ましてください」

「はっ！」

いかんいかん。

未来の楽しい生活を妄想していたらそっちのほうが楽しくなってしまった。

「ごめんごめん。ちょっと考え事をしてただけだよ」

妄想の世界から戻って、鶏舎を作るためにクラフトした資材の山を見上げる。

鶏と違って巨体なコーカ鳥を飼育するには、どうしても全てが大きくなってしまう。

「さて、準備完了っと。それじゃあ鶏舎のクラフトを始めるからそこでもう少しだけまっててくれよ」

「うん。領主様がんばってー！」

「おう！　頑張るぞ」

コリトコの可愛らしい声援を背に、僕は左手の平を資材の山に向け、右手の平を建設予定地に向ける。

そして意識を集中させ頭の中で完成図をくみ上げてから――。

「いくぞ！　クラフト!!」

実際は叫ぶ必要はないのだけど、気合いを入れる意味で大きく複雑なものを作る時はつい口に出てしまう。

まぁ、今回はコリトコに格好いいところを見せたかったからというのもある。

クラフトの声と同時に、左手に資材が次々と吸い込まれていく。

と、同時に反対側の手から今度はその資材が放出されると、僕の頭の中にある完成図に合わせて目の前でどんどん組み上がっていった。

「凄い！　凄い!!　ねぇテリーヌお姉ちゃん。あれは一体どうなってるの？」

「さぁ、私にもレスト様のギフトの仕組みはわかりませんわ。ギフトというのは、そういうものなの」

「あっちにもギフトってあるのかな？」

「コリトコさんは魔物たちと話ができる力があるでしょう？　それが貴方とお父様、そして妹さんにしかないものだとすれば、それこそが貴方のギフトだと思いますわ」

「そっか、他の村のみんなは魔物とお話しなんてできないって言ってたもんね……これがあっちのギフト……」

後ろからテリーヌとコリトコの会話が僕の耳に届く。

ギフトというものは誰もが持つわけじゃない。

前にも言ったが人族の場合は父親がギフトを持っていたとしても、その子供はギフトを持たない場合がほとんどだ。

そしてあくまでもギフトというのは神様からの授かり物であって、僕たち自身が得ようとして得られるものではない……はずだった。

だけど、もしそれが継承できるとしたら。

「ふぅ。これで完成だ」

僕は楽しそうに話す二人に振り返るとそう告げる。

テリーヌと話している間に、あれほど山のようになっていた資材がいつの間にかなくなっていることに気がついたコリトコは目を丸くして「全部なくなっちゃった」と呟く。

多分途中からクラフト作業を見ることに飽きたというのもあって、テリーヌとの会話に夢中だったのだろう。

まだまだ子供だから仕方がない。

「領主様って、本当にコーカ鳥のお家もあっという間に作れちゃうんだ」

「僕がなんでも作れるって信じてくれた?」

まぁ、なんでもではないけれども。

「うん！　そうやってあっちのために薬も作ってくれたんだよね」

「そうですよ。領主様が貴方のためにあの薬をあっという間に作ってくださったんです」

「そんな恩着せがましく言うことじゃないよ。だって――」

だって領主が領民のために力を尽くすのは当たり前のことじゃないか。

そう口にしようとして僕は少し迷った。

なぜならコリトコはこの島の先住民であって、正式に僕の領民になると決まったわけではないからだ。

僕自身はこの島に住む人々は全て自分の領民だと思って接するつもりだけど、それは彼らからしてみれば侵略者の傲慢な押しつけにしか思われないかもしれない。

だから僕はコリトコの前にしゃがんで彼と目を合わせながら言った。

「コリトコ。僕はこれからこの島をこの力を使って誰もが住みやすい場所に変えていこうと思っている。そして、この島のみんなを束ね導く領主になるつもりだ」

「領主……さま？」

「だから君に一つ聞きたいことがあるんだけどいいかな？」

「……うん」

僕は自分の心を落ち着かせるために少しだけ目を閉じ、もう一度開くと同時にその言葉を口にした。

「コリトコ。君を僕の初めての領民としてこの領地に迎え入れたいと思っている」

【第四章】
星降る塔を建設しよう！

「れ、レスト様！　一匹持ち帰っちゃダメですか!?」

いつもの冷静沈着で完璧なメイドの姿はどこへやら。

僕の隣で鶏舎の柵に張り付いて息を荒くしているアグニが僕にそんなことを言った。

もちろん僕の答えは――

「ダメに決まってるでしょ」

「そんなぁ。でもここで見てるだけならいい？」

「休憩の間だけだったらな。仕事もちゃんとしてくれよ」

「な、中に入って直接触ったりとかは？」

「まだここに来たばかりで怯えてる雛鳥もいるからやめておいたほうが良い。最悪親鳥に蹴り殺されるよ」

新しく作った鶏舎の外に作った庭で、コーカ鳥の親鳥が雛鳥たちの体を嘴を使って器用に毛繕いをしているのを眺めながら僕は答えた。

少し前の話だ。

鶏舎が完成した後、あっさりとカイエル領の領民一号になると宣言したコリトコと共に、僕たちはコーカ鳥親子を閉じ込めている檻へ向かった。

コリトコが言うには、コツさえ掴めばコーカ鳥はそれほど危険な魔物ではないという。

彼はコーカ鳥と少しの間会話した後、僕に檻の解除をお願いしてきた。

「逃げたり襲いかかってきたりしないだろうね？」

「大丈夫。あっちたちのことを信じるって」

「信じてくれるのか」

「それにね、領主様がくれた草をまた食べたいって言ってる。今まで食べたことがないくらい美味しかったんだって」

「あの草が？」

たしかあの草は学校の裏庭に生えていた草で、どれだけ抜いてもすぐに生えてくるから素材化の練習台にしていた草だ。

おかげで僕の素材収納にはかなりの量が入っている。

「うん。あの草を食べさせてくれるなら鶏舎で暮らしても良いだって」

「本当か？　それならどれだけでも食べさせてあげるから是非来てほしいって言ってくれないか？　あと卵も無精卵だけでいいから」

「わかった。言ってみる」

それからしばし。

交渉は成立し、今こうなっているわけである。

「しかしまさか魔物を飼育することになるとは思わなかったな」

毛繕いを終えた雛鳥たちが、まん丸い毛玉のような状態のままコロコロと鶏舎の庭を転げ回る風景を眺めながら僕は呟く。

たしかに畜産はいつか始めないといけないとは思っていた。

だけどそのためには家畜をどこからか連れてこなければいけないうえに、素人の僕らでは飼育するのも難しい。

なのでしばらくは狩猟と、失敗してもなんとかなりそうな簡易農業で済ますつもりだった。

それがまさか魔物を飼育することになるとは予想外すぎる。

「領主様、コーカ鳥の卵持ってきたよ」

それを実現させることができたのも、このレッサーエルフの少年のおかげだ。

僕は少し心配だったが、しかたなくアグニをそのまま放置してコリトコのもとに駆け寄る。

「はい領主様」

「これはまた大きいな。アグニが正気を取り戻したら、今晩のおかずにしてもらうように言っておこう」

僕は鶏舎の柵に張り付いているアグニを一瞥してから、コリトコが抱えている大きな卵を受け取った。

コリトコの説明によると、きちんと餌を与えておけば毎日二個ほど親鳥は無精卵を産むらしい。

「それとあの草、もっと欲しいってさ」

「かなりの量を置いてあったはずだけど、もう食べきったのか。よく食べるな」

「卵を産むとお腹が減るって言ってた」

この勢いで食べられたら、流石にかなりの量を持っているといってもすぐに在庫がなくなってしまいそうだ。

野菜畑以外に、コーカ鳥の餌畑も作らないといけないな。

まぁ、あの草はあっという間に育つから、きちんと管理さえしておけば餌には困らなくて済むだろうけど。

「わかった。この卵をテリーヌに預けたら餌やりに戻ってくるよ。ところでフェイルは何処行ったんだ？」

「フェイルさんなら鶏舎の裏でファルシと一緒に寝てたよ」

「似た名前の二人だから仲が良いのかねぇ。というかテリーヌから君のことを任されたって偉そうに言ってたくせに何やってんだか」

後でテリーヌに怒られて泣くフェイルの姿が頭に浮かぶ。

楽しそうにフェイルとファルシ、そしてコーカ鳥のことを話すコリトコは、とても少し前まで死にかけていたとは思えないほど今は元気だ。

テリーヌ曰く、もう少し休養は必要らしいけれど、そろそろ彼の村に行く準備を始めてもいいかもしれない。

「あのさコリトコ」

「なぁに？」

「この島のことで聞きたいことがあるんだけど良いか？　君の――」

「島ってエルドバ島のこと？」

「えっ、君はこの島の名前を知ってるのかい？」

「うん。島ってどういう意味かはわからないけど、テリーヌさんに『ここはエルドバ島っていう所なんだよ』って教えてもらったんだ」

エルドバ領エルドバ島。

それが王国に記されていたこの地の少し前までの名前だ。

といってもエルドバ領の領地はこの島しかない。

エルドバとは、王国の古い言葉で『最果ての』という意味で、王国の支配する大陸の最果てにある領地の島という意味で付けられたと聞く。

だけど僕がこの地の領主に任命された今、エルドバ領はカイエル領と改名された。

エンハンスド王国では、その地を治める家の家名が、その領地の名前になるという決まりがあるからだ。

なので、様々な理由で治める領主の家が変わると、その領地の名前まで変わってしまう。

おかげで酷い所だと短い期間に三度、四度と名前が変わってしまって混乱を引き起こすというのも珍しくない。

もちろん王国内外からも問題だという声も出ているため、いつかはそんな決まりごとも改正されるかもしれないが。

「他にも領主様ってとっても偉い人なんだってこととか、これから領主様がみんなを幸せにしてくれるってこととかいろいろと毎日教えてくれるんだよ」

「へ、へぇ……」

テリーヌ。いったい君はこの純粋無垢な子供に何を教え込もうとしているのかな？

僕は少し顔に引きつった笑みを浮かべながらコリトコに先ほど伝えようとした件を口にした。

「それでねコリトコ。近いうちに僕はコリトコの村に行こうと思っているんだ」

「あっちの村に？」

「ああ。それで君には少し辛い話かもしれないけど村の場所とかを教えてもらって、できれば案内してほしいんだ」

「……」

「もちろん村には僕と臣下の誰かだけで行くつもりだ。君に無理に付いてこいとも、君を村に無理やり帰すなんてこともしない。それは約束しよう。だけどこの森の中でなんの目印もなく村にたどり着くのは流石に難しいんだ。だから村の近くまででいいから案内を頼みたいんだけどどうだろうか？」

僕は少し早口にそこまで言い切ると、コリトコの返事を待った。

村の掟だから仕方がないと彼は言っていた。

だけど自分を捨てた村を全く恨んでいないわけはないだろう。

もしかすると二度と顔も見たくない人もいるかもしれない。

だから僕は最悪コリトコが、僕のそんな頼みを断ったとしても仕方がないことだと思っていた。

「どうだろう？」

僕は黙り込んでしまったコリトコを見下ろす。

その肩は少し震えていて、もしかして辛いことを思い出して泣いているのではなかろうか。

「む、無理にとは言わない。嫌なら嫌と言ってくれれば――」

「本当に……」

小さな声には少し嗚咽が混じっているように聞こえ、僕はやはり言うのが早かったかと後悔する。

だけど、続いたコリトコの言葉は、僕の予想を完全に裏切ったものだった。

「本当にまたお父さんやメリメに……妹に会えるの!!」

勢いよく上げられた顔は、涙と鼻水に濡れていて。

悲壮感ではなく、どちらかと言えば喜んで良いのかどうなのかわからないといった表情が浮かんでいた。

「ああ、もちろん。僕が、僕たちがきっともう一度みんなと会わせてあげるよ。だから村の場所をわかる限りで良いから教えてくれるかな？」

「うん！　うん！　わがった！」

涙と鼻水をまき散らしながら勢いよく頷いたコリトコは、そのましゃがみ込むと大きな声で泣き出してしまった。

そうか、今まで彼はずっと我慢していたんだ。

ファルシが一緒にいたと言っても、村を追い出され、死にかけて魔物に襲われ、見ず知らずの大人たちに助けられて。

まだ十歳の子供には過酷すぎる経験を経てきたのに、今までコリトコは僕たちの前では大声で泣くこともなかった。

それは多分僕たちに心配かけまいと、ずっと無理をしてきたからに違いない。

泣きじゃくるコリトコの前にしゃがみ込むと、僕は卵を脇に置いてからその体を優しく抱きしめた。

コリトコの涙と鼻水が服を濡らす。

「思いっきり泣いていいんだよ。君はそれだけの経験をしてきたんだから」

「うぇぇぇぇぇぇん」

僕の言葉に安心したのか、コリトコの泣き声がまた一つ大きくなった。

領主館のほうから、その泣き声をちょうど出てきたところで聞きつけたテリーヌが、畑と鶏舎からはキエダとアグニ、そしてフェイルとファルシが何事かと駆けつけてくる姿が見えて。

やがて泣き疲れたコリトコが眠ると、近くで心配そうに丸まっていたファルシにその体を預けて立ち上がる。

そして集まったみんなに、事情を説明してからテリーヌに問いかけた。

「テリーヌ。あとどれくらいでコリトコを外へ連れて行けるかな?」

「あと数日あればある程度体力は回復すると思います。やはりエルフの血を引いているからでしょうか、予想を超えた回復力ですわ」

「わかった。じゃあ出発は回復状況に合わせて決めよう。それまでに僕はキエダと周囲の地形とかを調べて、例の泉を捜そうと思う」

あの手帳によれば、調査団の団員がエルフらしき人影を見たのは泉だったはずだ。

だとすると泉の近くかその向こう側に村がある可能性は高い。

「いくらキエダが護衛につくと言っても、二人だけで塀の外に出るのは危険なのではないでしょうか?」

「大丈夫、まだ外に出るつもりはないよ」

「外に出ずに周囲の地形を調べるのですか? どうやってでございましょう?」

「それはね。こいつを作るんだよ!」

僕は心配そうな二人の目の前に右手の平を見せると、その手のひらの上でこれから僕が作るつもりの建物のミニチュアをクラフトしてみせたのだった。

＊　＊　＊

「さて、資材もトンネルの拡張と周りの森でたっぷり集めてきたし、始めますか」

今日の午前中一杯をかけて、トンネル入口付近の整備も兼ねた素材集めに走った僕は、そのついでに拠点から突き出すように塀を拡張して作った広場に立っていた。

今日は午後一杯をかけて、先日みんなに見せたミニチュアの通り、ここにできる範囲で可能な高さの塔を建てるつもりでいる。

僕の脳内で組み上げた設計を元にクラフトしたミニチュア。

そのミニチュアを使った強度計算や図面起こしを、あの後キエダと共に行った。

結果、最初僕が予定していたものよりは少し低くなるが、倒壊の危険性のない安全な塔が設計できたはずだ。

そしてそれに必要な資材も全て揃った。

「それじゃあ始めるよ」

「うん！　領主様頑張って!!」

『ワォーン』

「休憩の準備はしておきますから、疲れたらお休みくださいね」

今日のお供はコリトコとファルシ、そしてテリーヌだ。

キエダは昨日、敷地内の崩れた建物の下から見つかった井戸の水が使用できるかどうかを調査していてここにはいない。

フェイルはコーカ鳥の世話中だ。

コーカ鳥の世話はアグニがやりたがっていたが、任せると碌なことにならないので彼女にはキエダの助手をするようにと言っておいた。

キエダには悪いが、アグニの監視役をしてもらえば一石二鳥である。

「とりあえず設計図通りに素材を加工して建築資材にしてっと」

僕はコリトコたちから離れた場所に手のひらを向けて、塔の部品を次々とクラフトしては積み上げていく。

大型の建築物は領主館と鶏舎に続いて三つ目なので、かなり手際が良くなっている実感がある。

「領主様のギフトって、何度見ても不思議だね」

『わふん』

「そうですね。私も王都でいろいろなギフトを見てきましたが、レスト様のクラフトはそのどれよりも不思議ですわ」

三人の言葉を背に、僕は手際よく資材を積み上げていく。

そして、結構な時間をかけて全て前準備を終えた時、広場を埋め尽くしたその部品の多さに少し目眩しそうになった。

決して魔力切れとかではないけど、今からこれをくみ上げるのかと思うとげんなりしてしまうくらいに多かったからだ。

「この拠点の周りにある木よりも、数倍くらいの高い塔を設計しちゃったから仕方ないけどさ」

かなり広めに用意した資材置き場が埋まるほどの山を実物として見てしまうと、頭の中のイメージや、ミニチュア模型と違う迫力を感じる。

流石に資材化する時に崩れないようには考えて積み上げてはいるものの、今地震でも起こったらと思うとぞっとする。

調査団の報告書には地震が起こったという記載はなかったが、コリトコは何度か小さな地震は経験したことがあると言っていた。

といっても建物が崩れるようなものではなく、ちょっと揺れたなと思う程度だったらしいが。

「でも油断は禁物だな。安全第一、さっさと仕舞っちゃうか」

今回は今までの二棟のクラフトとは違うことがある。

それは作り出した資材を一旦僕の素材収納に仕舞い込んでから組み立てるということだ。

なぜそうするのかは簡単な話で、地面に資材を置いたままでは塔を組み上げていく際に地上と離れすぎて僕のクラフトの力が届かなくなってしまうからである。

僕のクラフトスキルは、僕を中心に大雑把に半径十数メルほどの範囲しか届かない。

ギフトを授かった頃はもっと狭い範囲しか力が届かなかったので、一応成長はしているのは確かだが。

だから今までも道を作ったりする時に一気に作らず、少し作っては進んでまた作るということを繰り返していたわけである。

「よし収納完了」

次々と僕の手に吸い込まれていく建築資材の山をポカーンと口を開けたままコリトコは驚きの表情を浮かべていた。

前回鶏舎を作る時は、この方法は使わなかったからだろう。

その横で同じように口を開け、だらしなく舌を垂らしたファルシについては驚いているのか、ただ単にコリトコの真似をしているのかわからないが。

「どうだ、凄いだろ?」

僕はついいつもは言わないようなことを自慢げに口にしてしまった。

ダイン家にいた時、この力を何度見せびらかしたくなったことだろう。

だけどダイン家を追放されるためにも自分自身の保身のためにも、絶対にギフトの力は信じられる一握りの人たち以外には見せられなかった。

そんな理由もあって、人目のない所でしか僕は王都を出るまで【クラフトスキル】を使うことがほとんどなかったのだ。

だからそれを披露して純粋に誉められるという経験があまりに少なかったために、コリトコの尊敬のまなざしが僕を調子づかせたのである。

「うん！　凄い!!　コーカ鳥のお家を作ってくれた時も凄いと思ったけど、今日は魔王様みたいだった！」

「魔王って。僕はどっちかっていうと魔王を倒す魔法使いの勇者のほうがいいんだけどな」

コリトコは最近、眠る前にテリーヌが読んで聞かせている『魔法使いの物語』に嵌まっているらしい。

その物語の中の魔王が、伝説級魔法を使って様々な建物を作り上げ、勇者の行く手を阻んだり、魔王四天王の住む城や治める町を作り上げるというシーンがある。

テリーヌが一体どんな目的でそんな本を持ってきていたのかはわからないが、かなり年季の入ったそれは、彼女にとって何か大事なものなのかもしれないと思っている。

「だって魔法使いの勇者は壊すだけなんだもん。魔王様は壊すだけじゃなくお城を作ったり町を作ったりするでしょ？」

「ま、まぁ魔王だって王様だからな。戦ってるだけじゃなくて統治もしなきゃならないだろうし」

その物語は僕も読んだことがあるが、普通は省かれるであろう魔王側の生活や、魔王が王としての仕事をしている話なども描かれているという珍しい話だったと記憶している。

もちろんそれはただの物語で、この世界に魔物を統べる魔王などという存在はいないし、もちろん物語の中に出てくるような勇者もいない。

「でも勇者もきっと、魔王を倒した後に王様になってから、被害を受けた町を復興させたりしたんじゃないかな」

英雄譚というものは大抵英雄が悪を倒したところで終わる。

その後の復興などはたいてい描かれることはない。

たとえ描かれていたとしても『みんな幸せに暮らしました』程度のものだ。

物語によっては勇者が指揮を執って陣地を作ったり武器や防具を作ったりする作品もある。

だが、テリーヌが持って来た『魔法使いの物語』に登場する勇者は攻撃力に特化していて、そういった場面がなく、たしかにコリトコの言うように破壊しかしていないようにも見える。

その代わり魔王側が防壁を作ったり、様々な罠を仕かけたりという描写が豊富で、正直初めて読んだ時は僕も魔王のほうに感情移入してしまったのを思い出す。

「領主様のこと、魔王様って呼んでも良い？」

「それは遠慮するよ」

僕は冗談めいた声で笑いながらそう言ったコリトコに、わざと子供っぽく即答すると塔の建設予定地に向き直る。

そして両手を突き出していつもよりも大きな声で、世界を救う勇者を意識した声で「クラフト!!」

と叫んだのだった。

＊　＊　＊

「あと少しだ」

塔の最終部分をクラフトしたあと、僕は疲れて階段の手すりにもたれかかった。

「高い塔を作るのがこんなに大変だとは思わなかったよ。ファルシがいなければどうなってたことか。ありがとうな」

『ウォン!!』

僕は建設中の塔の最上階に作った部屋で、隣に座って元気よく吠えるファルシの背中を撫でながら下を見る。

円形の塔は真ん中が吹き抜けになっており、もたれかかった手すりから下を覗くと、一番下で上を見上げているコリトコとテリーヌの二人が小さく見えた。

塔を建て始めてしばらくは順調だった。

自分の力の届く範囲までクラフトしては階段を上ってまたクラフトをする。

それを繰り返すことで塔をクラフトするという計画は予想通り上手く行った。

だが予想してなかったことが一つあった。

「流石に延々と階段を上るのはきつい」

塔の壁に沿って内側にらせん状に作った階段を上りながらのクラフトは、僕が思っていた以上に大変だったのである。

普通の人よりは体力があるつもりだったが、どうやら勘違いだったようだ。

「ファルシが途中から背中に乗せてくれなかったら、とっくに今日の作業は打ち止めだったよ」

僕は尻尾を激しく振るファルシの背を撫でる手を早めながら溜息をつく。

「そのうえ、明日またこんな所まで上らないといけないと思うと、やる気も消えていたかもしれないな」

作業をしている僕を下で見ていたテリーヌが、疲れてフラフラになっていた僕の姿に気がついたのだろう。

コリトコと何か相談をしていたかと思うと、あっという間にファルシが駆け上がってきて、僕を無理やりその背に乗せたのである。

こんな高いところでそんなことをされたせいで、一瞬落ちそうになった僕は慌ててファルシの毛を掴み事なきを得たが。

「今度はもう少しお手柔らかに頼むよ」

『ワフン』

テイマー系のギフトを持っていない僕の言葉が何処までファルシに通じたのかわからないが、ファルシは小さく鳴いて返事をすると座り込んで後ろ足で耳の裏を掻き始めてしまった。

これは何も通じてないな……と僕はすこしがっかりしながら上を見上げる。

昼過ぎから始めた塔のクラフトだったが、既に夕暮れが近い。

吹き抜けの空には僅かだが星が輝きだしていた。

「さてもう一踏ん張りしますか」

僕はファルシの頭を軽く撫でてから両手を天に突き上げ――

「これで完成だ、クラフト!!」

最後に最上階の展望室と屋根をクラフトした。

「ふぅ。これで建物自体は完成だけど、まだこれから細かいものを作らなきゃならないのか」

もう一度階下を見下ろすと、コリトコが小さな両手を大きく振ってくれている。

天井が塞がれたことで、塔の完成に気がついたのだろう。

僕も手すりから身を乗り出して大きく手を振る。

「うわっ」

『ワンッ！』

身を乗り出しすぎて手すりから落ちそうになった僕を、ファルシが慌てて服を噛んで引っ張り戻してくれた。

ファルシがいなければ即死だった。

思ったより心身が消耗していたのだろうか、油断にもほどがある。

「やっぱり展望室の設備を作るのはもう少し休憩してからだな」

僕は疲れた体に気合いを入れて展望室まで上がると、柔らかいソファーをクラフトしてそこに座った。

最初はベッドにしようかと思ったけれど、それでは多分完全に眠ってしまうだろう。

「ふぅ」

ソファーに深くもたれかかった僕は眠りそうになるのを我慢して天井を仰ぎ見る。

そこには僕の計算通り所々に星が輝きだした空が見えていて。

「やっぱり天井の一部をガラス張りにしておいて良かった」

強度的には少し心配だけど、せっかくこんな高い建物を作るのなら一度作ってみたかった物がある。

それが星見台だ。

地上で見上げる空よりも、高いところで見上げた空のほうが星は綺麗に見える。

昔読んだ本に書かれていたその言葉をずっと覚えていた。

「このくらいの高さじゃあまり変わらないだろうけど、心なしか綺麗に見える気がするよ」

ゆっくりと日が暮れていく空に少しずつ星が増えてゆく。

そんな景色を見上げているうちに僕はいつしか眠りに落ちたらしい。

「レスト様。そろそろお目覚めになってください」

「もう夜になってしまいましたぞ」

「よだれたらして子供みたいですぅ」

「ああ。ファルシの毛皮凄く柔らかい……もう離れたくない……」

「領主様！　起きてよ!!」

そんな声と共にゆっくり目を開けると、いつの間にか展望台の上にみんなが集まって僕を覗き込んでいた。

いや、アグニだけはなぜかファルシの背中にへばりついた状態で毛皮に顔を埋めているが。

ファルシが迷惑そうな顔をしているから引き剥がしたほうが良いんじゃなかろうか。

それはそれとして。

「あれ？　どうしてみんないるんだ？」

「やっと起きたです」

周りを囲む一同を見回して、次に天井を見上げる。

ガラスの向こうに見える空は既に夜の闇に覆われていて、満天の星空が広がっていた。

展望室の中には誰かが持ち込んだのだろう、小さな魔法灯の明かりだけで、それが余計に幻想的な雰囲気を作り出している。

おかげで僕は、まだ自分が夢の中なのではないかと少し思ってしまった。

『ワフッ！』

「きゃっ、痛いっ」

「ファルシ、だめだよそんなことしちゃ！」

どうやらファルシにアグニが振り落とされたようで、コリトコが慌てて駆け寄っていく。

そんなドタバタが、一瞬で幻想的な気持ちを解き払う。

僕はこれが現実だと理解してソファーから立ち上がった。

「僕、寝ちゃったのか」

「ええ。それはもうぐっすりと」

「私たちが上がって来ても全く起きませんでしたからな。フェイルなどかなり大声上げてはしゃぎ回っていたというのに」

「えーっ、だってこんな高いところ初めてだったんだもん。それにお星様だってあんなに」

「ああ、わかったわかったからちょっと静かにしてくれ。それで説明してほしいんだけど、どうしてみんなここにいるんだ？」

僕はずっと喋り続けそうなフェイルを制してキエダに説明を求めた。

キエダの話によると、僕が眠ってしまったために何をしていいかわからず暇になったファルシが下まで行ってコリトコにそのことを伝えたらしい。

しかしファルシの言葉が足りなかったのか、コリトコが勘違いしたのか、僕が衰弱して倒れたという間違った情報が家臣たちに流れ、結果的に大騒ぎになったという。

慌ててコリトコがファルシに頼んで、全員をこの最上階まで何往復もして運んだということだった。

『くぅーん』

コリトコにアグニを振り落としたことを叱られたのか、悲しそうな声で鳴いているファルシの姿からは想像できないが、やはりファルシも魔物だということなのだろう。

普通の狼や犬系の獣では、人を乗せて運ぶことは体のつくり的にも難しいと聞く。

なのにファルシはこれだけの人数をこの塔を何往復もして運んだというのだから驚きだ。

「そっか。ちょっと疲れて眠っちゃっただけなんだ。ごめんね」

「いえ、無事であればよいのです。ただ」

「ただ?」

「このままではせっかくアグニが作った夕飯が冷めてしまいますので」

「そっか、もうそんな時間か」

僕は星空を見上げてそう呟くとソファーから立ち上がりファルシのもとへ歩いて行く。

そして彼の頭を優しく撫でると「悪いけどもう一仕事頑張ってくれるかい?」と告げて、横にいたコリトコを抱き上げるとその背に乗せたのだった。

＊　＊　＊

「これで良いかな」

展望室の床に座りながら、僕はクラフトした二本の筒を手に取って中を覗き込み呟く。

「うん。良い感じだ。あとはこれを組み込んだ台座をクラフトすれば完成だな」

「領主様。それって何?」

今日は朝から昨日作った塔の最上階にファルシの背に乗ってコリトコとやって来ていた。

他のみんなも来たがっていたが、畑や鶏舎の世話もあるのでそれが終わってから来る予定である。

ちなみにファルシは昨日僕が眠っていたソファーを占領して、すでに気持ちよさそうに眠っていた。

「後で教えてあげるよ」

僕はそう答えると床から立ち上がり、筒を持って展望室の端まで移動する。

今日は少し風があるせいで少し怖いが、落下防止に周りをぐるっと人が通れないほどの幅で格子を組んであるので落ちる心配はない。

「遠くはやっぱり見難いな」

昨日は気がついたら眠ってしまっていたせいで、せっかく塔を作ったのに景色を見ることができなかった。

なので今日は目が覚めて顔を洗い、朝食を食べてすぐにコリトコにお願いしてここまで上がってきたわけだけど。

「思ったより遠くが見えないのは予想外だったな」

島の地表は周りを高い山にぐるりと囲まれた凹のような形になっている。

そして周りが海に囲まれているうえに気温も暖かめなせいで水蒸気でも溜まっているのか、昼間の日の高いうちは、島の上空は常にうっすらと薄い雲に包まれている。

そのせいもあって遠くを見ようにも肉眼だと限界があった。

「正直この状態じゃ焼け石に水かもしれないけど、これを使えばある程度遠くまではもう少しわかるようになるはずだ」

僕は二本の筒を水平に肩の辺りまで持ち上げると「クラフト」と呟く。

すると床から突然一本の石の棒が伸び上がって来て、僕の持つ筒を包み込んだ。

「これは何？」

「これは双眼鏡っていう道具さ」

「そうがんきょう？」

興味津々といった風に、クラフトした双眼鏡の台座周りをくるくると回るコリトコに僕は言う。

「覗いてみるか？」

「覗くって何を？　もしかしてフェイルお姉ちゃんが言ってたお風呂ってやつ？」

「……あいつ、コリトコに何を教えてるんだ」

僕はあとでフェイルを捕まえていろいろ話をしなければならないと心に決めた。

それにこの拠点にあるお風呂は領主館だけで、この塔からは覗ける場所にはない。

何よりこんな時間に風呂を使っている者もいないだろう。

現に領主館裏に設置した給湯用の薪釜の煙突からは煙は上がっていない。

「とにかくこの筒に目を当ててこっち側から覗き込んでごらん」

僕は双眼鏡の手前にコリトコ用の足場をクラフトして、その上にコリトコを抱き上げて乗せてあげる。

「これを覗き込めば良いんだね？」

そう言いながらコリトコは双眼鏡に恐る恐る顔を近づけた。

「わーっ、凄いっ。どうなってるのこれ！　魔法なの？　やっぱり領主様は魔……」

双眼鏡を覗き込んだコリトコが驚いたような嬉しそうな声を上げた。

多分彼は今まで双眼鏡というものを見たことがないはずだ。

だとすれば、始めて目にするその光景は驚くべきものだろう。

「それは魔法じゃないいんだ」

「えっ。でもこんなに遠くまではっきり見えるのに？」

コリトコが双眼鏡から顔を離したり覗き込んだりしながら不思議そうな声を上げる。

「詳しい仕組みとかは後で教えてあげるけど、これは魔石も何も使わないで遠くを見ることができる道具なんだ」

「そうなんだ。不思議ぃ」

「一応左右にも上下にもある程度動くように作ってあるから好きなところを見ると良いよ」

「わっ、本当だ。ぐるぐる動くよ！　でもあんまり上には動かないね。空とか見たいのに」

がっちゃがっちゃと音を立てながら双眼鏡を動かすコリトコは、空を見るため上に向けようとした。

だけど、双眼鏡の可動域は上にはほとんど動かないようにしてある。

「双眼鏡で空を見るのは危険だからな。できないようにしてあるのさ」

「危険？」

「間違って日の光なんて見てしまったら、眩しすぎて目が潰れちゃうからね。コリトコだってそんなの嫌だろ？」

僕はどうして双眼鏡で空を見てはいけないのかを簡単にコリトコに説明する。

すると目が見えなくなるという言葉を聞いて怖くなったのか、コリトコが慌てて双眼鏡から顔を離した。

「目が見えなくなったらやだ！」

「だからそうならないように空を見られないように作ってあるのさ」

少し脅かしすぎたかもしれない。

涙目になってコリトコはファルシのもとに逃げていってしまった。

その背を仕方なく見送った僕は「それじゃあ今度は僕が使わせてもらうよ」と双眼鏡を覗き込んだ。

この拠点から島の中央に向かって一面に広がる深い森は、かなりの範囲に及んでいる。

調査団の報告書によれば、森の中を半日ほど進んだ場所にも川があるらしいのだけど、双眼鏡で見てもその姿は木々に埋もれて見えない。

だが僕が今捜しているのはその川のさらに向こう側にあるという場所。

コリトコから聞いた、多分あの手帳に記されていた『聖なる泉』と呼ばれているらしい湖だ。

「泉の周りはそれなりに開けているらしいから、木が少ない所を捜せば見つかると思うんだけどな」

とにかく村から遠くを目指して、森の中を進んできたらしいコリトコは、特に何か方位がわかるものも何も持っていなかった。

なので、村が何処にあるのか。正確な場所はコリトコの話ではさっぱりわからなかった。

話の中で村の目印になるものといえば、彼が最初に目指したという『聖なる泉』と、川を二本ほど渡ってきたというものだけである。

「けっこう大きい泉——というか湖らしいから、ここからでもわかるはずなんだよ」

僕は双眼鏡をぐりぐりと動かしながらそれらしき場所を捜した。

すると。

一瞬森の中から光が見えた気がして、僕はゆっくりと双眼鏡をその光が見えたあたりまで戻した。

「もしかしてあれかな？」

かなり拠点から離れた森の奥。

木と木の間の僅かな隙間から日の光が反射して輝く湖面らしきものが見えた。

今の双眼鏡の倍率では確実にそうだと判断はできないが、多分間違いないだろう。

「まぁ、間違っていたらまた別の場所を探せば良いか」

これで一応次に目指す場所は決まった。

場所さえ決まれば、後は一直線にあの場所を目指すだけだ。

「よし。やるか」

僕は双眼鏡から顔を離すと、計測機と筆記用具一式をクラフトする。

塔の上から確認できたとしても、下に降りれば方向なんてわかるわけがない。

なのでこの塔の上でちゃんと計測して、泉までの道筋を地図に書き込むのだ。

僕は床に展望室から見た景色を元にした地図をクラフトすると、計測器で正確な方向を測りながら線を引く。

その先にきっとコリトコの、レッサーエルフの村があると信じて。

＊　＊　＊

「本当に大丈夫だろうね？」

「……自分、優秀なメイドですから」

「あたしも優秀なメイドですぅ。安心してほしいですぅ」

「……フェイルはまだ見習い。安心できません」

「そんなぁ！」

今日僕たちは昨日見つけた『聖なる泉』らしき場所に向けて出発する予定である。

キエダとコリトコ、そしてコリトコの体調管理を含めた世話係としてテリーヌが同行することになっている。

『ワンッ！』

『ヒヒーン！』

他にもファルシと馬車を曳く馬のリナロンテも大事な仲間だ。

リナロンテはこの拠点に来た後は馬車から解き放たれ、領主館の横に作った厩舎の中で過ごしていた。

そして時々トンネルへ採掘に行く時に乗せてもらったり、畑作業の手伝いもしてもらっている。

「絶対にコーカ鳥を怒らせるんじゃないぞ」

「……大丈夫。自分ともふもふはもうマブダチです」

「いや、最初ほど嫌がられてはないみたいだけど、アグニが抱きつく度にあいつら面倒くさそうな顔してるぞ」

「……コリトコ。自分ともふもふはマブダチですよね？」

アグニは、馬車に乗り込んで、座席に敷いてあるクッションの座り心地を楽しんでいたコリトコにそう尋ねた。

しかしコリトコは話をあまり聞いていなかったようで、少し目をそらしながら「そ、そうだね」とだけ答えて馬車の奥に消えていった。

「……ほら、言った通りでしょう？」

両手を腰に当てて自慢げにそう言い切るアグニに、僕はもう何を言うのも諦めてフェイルを手招きする。

そして彼女の耳元に口を寄せると「フェイル、アグニのことは頼んだぞ」と小さな声で囁いた。

正直キエダを置いていくのが一番安心できるのだが、森の奥に進むには彼の『戦闘力』が必要になる可能性もある以上連れて行かないわけにはいかない。

テリーヌも病み上がりのコリトコを診ていてもらうために必要だ。

なので消去法でアグニとフェイルという不安な二人を残して行かざるをえないのだ。

まぁ、アグニの場合はコーカ鳥さえ関わらなければ有能なのだけれど。

「さて、それじゃあいってくるよ」

「……はい、お気を付けて」

「行ってらっしゃーい！　お土産期待して待ってるですぅ」

僕は二人に「本当に頼んだよ」と念押ししてから御者台に向かった。

「レスト様。出発の準備は整っておりますぞ」

三人が並んで座れる御者台の中央ではキエダがリナロンテに繋がった手綱を握って待っていた。

僕は「じゃあ出発だ」と告げるとキエダに手を引いてもらい御者台に飛び乗る。

目の前には鬱蒼《うっそう》と茂る森が行く手を遮り、その奥は暗くて何も見通せない状態だ。

今回の予定では、この森の中を進めるだけ進み、所々に中継点をクラフトして、足場を固めながら目的地を目指すことになっている。

「さてと」

僕は御者台の上に立ち上がると、目の前の深い森を見つめる。

調査団の報告書には森の中はかなり歩きにくく、凶暴な獣や魔物が徘徊していて最初の川辺までたどり着くだけでもかなりの労力が必要だったという。

それはそうだ。

道なき道を進むとなれば、獣と違い人の足では限界がある。

コリトコもファルシの背中に乗ってこなければここまでやってくることはできなかったろう。

もちろん今僕たちが乗っている馬車がそのまま通れる道なんて本来ならあるわけがない。

「まぁ、道なんてなければ作れば良いだけなんだよね」

僕はキエダから昨日作った地図を受け取り、先にクラフトしておいた方位磁石で方向を確認すると、その方向に向け両手を前に突き出す。

それは塔の上から確認した聖なる泉の方向である。

僕はこれから目的地まで一直線に道をクラフトしていくつもりだ。

「それじゃあやりますか。素材化！　それからクラフト!!」

僕は目の前に広がる森に向けて素材化を発動させ、前方十数メルを更地に変えた。

そして裸になった直線上の森の跡から慌てて生き物たちが逃げ出すのを確認してからクラフトスキルで道を組み上げる。

素材はトンネル出口から拠点までの道と同じように石だ。

だけど今回は平坦な道をクラフトするわけではない。

馬車が通れるほどの道幅の左右には、魔物や獣が容易に侵入してこないように馬車の二倍ほどの高さがある壁も一緒に作っていく。

「さて、最後に屋根をクラフトすれば」

凹状の道が真っ直ぐ出来上がった後、僕は仕上げに上を見上げて手のひらを向ける。

「クラフト！」

道の上に次々と蓋がされていき、出来上がったのはトンネルのような道だった。

ここまですればこの石壁を破壊できる魔物でもない限りこの道の中に入ってくることはない。

所々に明かり取り用に分厚いガラスで作った天窓が左右中央の三列に並んでいるおかげで道自体は

通行する分には問題ないほど明るい。

ガラスは石をさらに素材化で分解した素材から簡単に作れるのだ。

「よし、進もう」

「わかりました。リナロンテ進め」

僕は目の前に一直線に作った道の前方を指さしキエダに発車を告げた。

綺麗に敷き詰められた石の上を馬車は滑るように進み出す。

本来舗装されてない道を走る場合、馬車というものはかなり揺れるので、慣れてない人が乗るとすぐに酔ってしまったりお尻がとんでもなく痛くなってしまう。

だけど僕がクラフトした道はほぼ平らに作り上げられている。

なので、動き出した馬車の中からひょこっと顔を出したコリトコも、出来上がった道を見てはしゃぐ余裕もあるのだ。

「何これ、一体どうやったの？」

「いつも通り僕のクラフトでちょちょいっとね」

「見たかったのに」

コリトコは僕のクラフトしたクッションを、馬車の中でファルシと取り合いして遊んでいたらしい。

死にそうだったあの子供がこんなに元気になったのかと思うと僕は嬉しくなる。

「僕の力はこんな子供たちを助けるために神様が与えてくれたものなのかな」

そんならしくないことをつい考えてしまい僕は苦笑する。

僕はこの力で人助けをしようと思ってここに来たわけじゃない。

貴族のしがらみから逃れて、この力を使ってゆっくりと静かに暮らすためにやって来たはずだ。

「本当に、こんなことするために家をわざと追放されたわけじゃなかったはずなのになぁ」

僕は誰にも聞こえない声でそう呟くと、ゆっくり進む馬車の御者台で楽しそうにはしゃぐコリトコに目を向ける。

初めての馬車と、僕が作り上げた通路に凄い凄いとはしゃぎながら隣に座るキエダに興奮気味に話しかけている彼の姿を見て――。

『でもまぁ、こういうのも悪くないな』

と、僕は思った。

御者台から道をクラフトしながら僕らは前へ前へと進み、ゆっくりながらもかなりの距離を進んだ所で最初の休憩を取るため馬車を止めた。

「ずいぶん進んできたけどまだ見えるな」

「ここから見ても高いねー」

僕はコリトコと一緒に馬車から降りて後ろを振り返りながらそう言った。

道の天井に設置した明かり取りの窓から見えるそれは、高く昇った日の光に照らされ、時々鳥や飛行魔物らしき生き物が展望室の周囲を旋回している姿も見える。

一応格子状の柵を周りに張り巡らせてはおいたが、隙間から入ることができる小鳥には巣にされるかもしれない。

なるべく遠くを見渡すためにと作り上げた塔だったが、もう少し低くしても良かったかも。

「帰ったら鳥の糞まみれとか勘弁してくれよ」

「あははっ……って何すんのさ！」

隣で楽しそうに笑うコリトコの頭を軽く叩く。

「もしも帰って鳥の糞だらけだったらコリトコに掃除してもらうからね」

「えーっ」

「大丈夫ですよ。レスト様はこんなことを言ってますけど、結局は手伝ってくださいますから」

「そうなの？　だったらみんなで掃除すればあっという間だね」

僕はコリトコを甘やかすテリーヌに苦笑しながら後を任せると御者台へ向かう。

そしてキエダの横に座ると、懐から古びた懐中時計を取り出して言った。

「そろそろちょうどいい時間だからここに拠点を作ろう」

「了解しました」

キエダは僕が差し出した懐中時計を懐かしいものを見るように目を細めて時間を確認する。

時計の針は王国時間でもうすぐ十二時を指そうとしていた。

ちょうど一日の真ん中にあたる。

王国では一日が二十四時間と決められているのだが、これは初代国王が当時のお抱え学者と日の動きを調べて制定したものらしい。

同じく一年は三百六十日とされ、今では大陸にある国々で使われるようになっている。

「レスト様。少し時計が遅れているようですね？」

「ん？　そうかな」

「はい、私の時計では既に十二時を過ぎておりますので」

そう言ってキエダは自らの手首の腕時計を僕に見えるように差し出す。

たしかに彼の時計では既に十二時を少し過ぎている。

「本当だ。そういえば最近ゼンマイを巻いてなかった」

キエダの腕時計は王国で数年前に発明された魔導時計という最新のものだ。

小さな魔石を動力としたそれは、十年後でもほぼ時間のずれが出ないと謳われているくらい正確で。

一方僕の懐中時計はそれ以前の、さらに古いゼンマイ式のものだ。

なので時々ゼンマイを巻き直さないといけないのを、忙しくしていて忘れていたのだった。

「クラフトスキルを使えば魔導時計に作り直すことも可能だろうけど、この時計だけはそのままにしておきたいしな」

「奥様の形見ですからな。そんなことをしてしまえばもうそれは別物になります」

僕がまだ小さい時に今は亡き母さんから貰った時計。

たしか誕生日に僕がどうしても欲しいと、泣いてねだったらしい。

小さかった僕には、今はその記憶はないけれど、キエダからはそう聞いている。

「昔奥様から聞いたことがあります。その懐中時計は奥様の父上が、奥様が生まれた記念にと知り合いだったドワーフに頼み込んで作ってもらったらしいですな」

「それは初耳だな。ということはこの時計は母さんと同い年なんだね」

「そのドワーフもまだ若かったらしいですが、腕はかなりのものだったそうで」

母の実家であるカイエル家は田舎の小さな男爵家だったという。

その一人娘であった母を、外遊に来ていたダイン家の前当主が見初めて自らの息子の嫁としたと聞いている。

地方の田舎領主の娘を、なぜダイン家という王家に近い存在の貴族家に招こうとしたのかはわからない。

一人娘を失ったカイエル家は跡継ぎもいないまま消滅し、今では別の貴族がその地を治めているという。

僕がダイン家の銘を剥奪され、新たに男爵になったとき『カイエル』という名を付けたのはそのことを知っていたからだ。

「そのドワーフに会ったら話を聞いてみたいな」

「そうですな。元カイエル家の領地からは既に姿を消したらしく、奥様もその行方は知らないとおっしゃられていましたが」

僕はキエダの言葉を聞きながら懐中時計のゼンマイを巻き直し、遅れていた時刻を竜頭を回して直してから蓋を閉じた。

「いつか僕もこの時計を自分の子供に渡す日がくるのかな」

懐中時計を懐にしまいながら僕はそう呟いた。

深い森の中を一直線に伸びた道。

それは上から見ると一直線に見えるが、実は少し傾斜がついた坂道になっていて、段々と地上から浮いていくように見える。

もちろん本当に空中に浮いているわけではなく、何本もの柱がその下を支えた形になっている。

「屋根は格子状にして陽の光や星明かりが入るようにして、間にガラスをクラフト！　うん、いい感じだ」

最初の中継点を作るために馬車を止めたこの場所も、実はすでに周りの木々より少し高い位置に存在している。

どうして道を空中に作ることになったのか。

それは例の僕が作成した地図をもとに、キエダたちと村へ向かうために作る道の最終計画を立てていた時のことである。

最初僕は一直線に森を両断した道を地面に作る予定だった。

だけどそのことを地図を指差しながらみんなに話すとすぐに反対意見が出たのだ。

それもフェイルとコリトコという予想外の二人からだった。

「それじゃあ森の動物たちが困っちゃうよ」

「その道の作り方じゃ右の森と左の森とが離れ離れになっちゃうです。そんなの駄目なのです」

コリトコが言うには、森の中に住む獣や魔物は、それぞれ住処と餌場、他にもいろいろ広い範囲を動いて生活しているらしい。

なのでその行動範囲のど真ん中に壁ができてしまうと、生態系にかなりの影響が出るというのだ。

一方フェイルはどうやら昔、突然の川の氾濫で分断されてしまったどこかの国の物語を読んだことがあるらしく、僕が森の真ん中を突っ切る道を描いた地図を見てその話を思い出したらしい。

「確かに二人の言うことも一理ありますな」

「だったらどうすればいいって言うんだ？　馬車が通れる安全な道を作ろうと思ったらこうするしかないと僕は思ったんだけど」

「そうですな。それならこうしてはどうでしょう？」

僕の問いかけにキエダが提案したのが『空中に道を作る』というものだった。

まっすぐな道を作るより素材もかなり使うことになるし、何よりそんな道を僕は王都ですら見たことはなかった。

なので本番前に昨夜、拠点で何種類か模型をクラフトしてみた。

その時にキエダから参考になればと手渡されたのが『世界の橋　百景』という本で。

どうしてそんなものを彼が持っているのか尋ねると、一言『趣味です』と返され、それ以上は何も聞けなかった。

そして夜遅くまでキエダの監修を受けながら作り上げた橋脚が、今僕たちの足元を支えている。

「私の趣味がレスト様のお役に立てて嬉しいですぞ。あれは王都に住む我が同士が自費出版したものでしてな。私も少し手伝わせていただいたのですが、それはそれは楽しい作業でした。今度レスト様ともじっくり橋について語り合いたいですな」

いつもはそんなに話をしないキエダの饒舌な『橋語り』を思い出して少しげんなりしながら、僕は予定通り道の先に中継所をクラフトしていく。

道を挟むような形で左右にそれぞれ簡易的な宿泊も可能な休憩所と、馬車の駐車場を作る。

駐車場の横には簡易厩舎を作り、屋根から雨水を馬の水飲み場へ引き込むための仕組みを作ればとりあえず完成だ。

「ふぅ。まぁこんなもんかな」

「領主様ぁー！　ご飯できたよー！」

「ああ。わかった今行く」

出来たての中継所を見回し、確認していた僕をコリトコが呼ぶ。

僕が拠点づくりをしている間、テリーヌが馬車の横で簡易キッチンを使って少し遅めの昼食の準備をしてくれていた。

コリトコはそれの手伝いをしていたはずだ。

「レスト様、この先の様子ですが」

「それは食事をしながら聞くことにするよ」

「わかりました。これ以上待たせるとコリトコどのがかわいそうですからな」

僕らはこちらを見ながら「はやくー！」と手を振っているコリトコに苦笑する。

「今いくって！」

そして、そんなコリトコに向けて大きく手を振り返すと、キエダと二人で馬車に向けて歩き出すのだった。

＊　＊　＊

「計算だとあと百メルくらいで例の泉のはずだけど」

道の先に見える森と、手元の地図を見比べながら僕は隣に座るキエダに尋ねる。

「そうですな。ここから少しずつ道の高度を下げていって、泉の少し手前に出入口を開きましょう」

「たしか泉の周りって、聖獣様のおかげで凶暴な魔物はいないんだったよな」

僕は馬車の中でうつらうつらとテリーヌの膝枕で眠りかけていたコリトコに声をかける。

「うん。泉の近くから村の周りまでは話の通じない怖い魔物は見たことないよ。通じる魔物もほとんど見たことないけど」

といってもこの先にあるのがその安全な『聖なる泉』なのかどうかは、まだ判明していない。

なので手前で道を下ろすとしても、警戒は怠らないほうが良いだろう。

僕とキエダはそれをお互い確認し合うと、泉があるはずの方向へ道作りを再開した。

そして大体七十メルほど進んだ辺りで、眼下に見える森の少し先にその泉の姿を見つけた。

「あれかな？」

「あれでしょうな」

キエダと二人、泉らしき木々の間から見える水面を確認するために馬車を止めた。

「聞いていたより小さいな。それともやっぱりあの泉は聖なる泉とは別なのか？」

コリトコから聞いていた話でイメージした泉と、眼下に見えかけている泉の大きさは倍くらい違った。

コリトコが間違っていたのか、それとも眼下の泉は別の泉だという可能性もある。

「子供の証言ですからな。大人の視点とは違って大きく見えたのかもしれませんぞ」

「それに僕たちは上から見ているから、下で見るのとは違うって可能性もあるね」

どちらにしろ重要なのは、この泉がコリトコの言っていた聖なる泉かどうかだ。

「行って確かめるしかないか。じゃあこの辺りから下り坂をクラフトしよう」

「なるべく傾斜は緩やかにお願いしますぞ」

「わかっているよ。馬車が転がり落ちたら困るからね」

一応馬車には下り坂で速度が出すぎないような仕組みはあるけれど、あまりに急な坂の場合はそれも効果がない。

なので、できるだけ傾斜の緩い坂を作る必要があるのだ。

「クラフト！」

僕は馬車から降りると慎重に頭の中に作り上げた設計をもとに下りの道をクラフトしていく。

そして坂の途中途中に、一定距離を置いて水平な場所を設ける。

坂の上り下りは馬車を曳く馬にも、それを操る人にもかなりの負担がかかってしまう。

なので、途中に休むことができる場所が必要だ。

そして平坦な場所を作るのにはもう一つ理由がある。

僕はその平坦な場所からくるりと一回転するように、今度は反対に向けて坂道をクラフトした。

このジグザグな形の坂は、馬車に何かあった時、一気に転がり落ちるのを防ぐように考えて設計したものである。

こうしておけば一本の坂の道と違って、ブレーキが壊れても一気に坂の下まで転がり落ちる心配がなくなるわけだ。

「よっし、完成だ!!」

ジグザグに木の上にある道から降りて来るような形になっているだろう道。

その地上への出入口を僕は分厚いガラスの壁で塞ぐとキエダたちが馬車と共に合流するのを待った。

ガラスの壁は、もし出口付近に魔物がいた場合に道路の中に入り込んでくるのを防ぐためなのと、外の様子を確認するためのものである。

「おまたせいたしました」

やがてゆっくりと慎重に、キエダが馬車を操りながら降りてきて全員が久々に地上へ降り立った。

「魔物はいそうですかな?」

「今のところはそんな気配はないけど、隠れてるだけかもしれないし油断はできないな」

「左様でございますか。でしたら私がまず様子を見に外へ――」

「ここだよ!」

キエダが馬車に積んだ荷物から、愛用のショートソードを取り出そうと腰を浮かした瞬間だった。

馬車の中から飛び降りたコリトコが、ガラスの先に見える森を指さして、そう叫んだのである。

「ここって。ここが君の言っていた聖なる泉で間違いないってことかい？」

「うん、間違いないよ。あっち、泉の周りでよく遊んでたからわかるんだ」

実は上から見下ろした時に、コリトコにも見てもらったのだが、その時は「よくわかんない」と言っていた。

だけどやはり見慣れた視点まで降りてきたおかげだろうか、コリトコは何度も「間違いない」と繰り返す。

「ということはこの辺りには魔物はいないってことで良いんだよね？」

「うん。聖獣様以外はいないはずだよ」

コリトコの自信に満ちた言葉に、僕は「それじゃあ」とガラスに向けて手のひらを向けた。

「クラフト！」

ガラスの一部をクラフトスキルを使って変形させ、扉を作る。

その部分は強度が落ちてしまうが、コリトコの言うことに間違いがなければ問題ないはずだ。

「それじゃあ外に出てみるか」

「では、私が先陣を」

キエダはそう言うと、用心深く扉を開いた。

途端に森の濃厚な緑と土の匂いがトンネルの中に流れ込んでくる。

「ふむ。水の匂いがしますな」

「泉の匂いだろうね」

僕は一旦外に出て森の空気を吸い込むと、もう一度扉を潜って中へ戻る。

「流石に馬車は連れて行けないからリナロンテはここで休ませておこう」

僕は道路の中に二つの箱をクラフトすると、片方に水、もう片方に飼葉をたっぷりと入れてやる。

その間にキエダが馬車からリナロンテを解放し、テリーヌとコリトコはファルシの背中に乗って扉の近くで待機する。

「それじゃあみんな、行こうか」

「うん」

「はい」

「リナロンテ、おとなしく待っているのだぞ」

リナロンテ以外の全員が扉から外に出る。

「じゃあ行こうか」

「では私が先頭に立ちましょう」

「たのむ」

キエダの過去を僕はあまり知らないけれど、彼はかつて王国中を旅して回った冒険者だったはずだ。

なのでこういった森の中を進むのにも慣れているらしく、油断するとあっという間に置いていかれそうになる。

後ろからコリトコとテリーヌを背中に乗せてついてくるファルシも元々森の獣なので、もちろんその足取りも軽快だ。

つまり現状一番遅いのは僕だった。

「僕が一番足手まといになろうとは……。こんな所、クラフトを使って進めば楽勝なのに」

「だめだよ。聖なる泉の周りを勝手に開拓したら聖獣様に怒られちゃうんだよ」

僕のぼやきを聞いたコリトコが、少し慌てた口調でそう言ってくる。

「わかってるよ。だからこうやって頑張って歩いてるんじゃないか」

「レスト様はもう少しギフトに頼らないほうが良いのではありませんか？」

『ワフッ』

「僕だってちゃんと朝と夜には少しくらい体を鍛える運動はしてるのに」

僕とテリーヌたちがそんな無駄口をたたいていると、少し先行していたキエダが慌てたように戻って来た。

どうやら何かを見つけたらしい。

「レスト様。この先に確かに泉がありましたぞ」

「それは知ってるけど。何かおかしなところでもあった？」

「はい。実は木々の隙間から様子を窺ったところ、対岸に桟橋のようなものがありまして」

「桟橋？　コリトコ知ってるか？」

「うん。小さいけど手漕ぎの船も繋いであって、よく村のお姉ちゃんたちとかお父さんに乗せてもらってたんだ」

僕がキエダに目配せすると「たしかに船の姿もありましたぞ」という答えが返ってきた。

どうやらこの先にあるのは『生命の泉』に間違いない。

「それでですな。その桟橋の上に二人の若い女性の姿が見えました」

「若い女性？」

「はい。ですので慌てて報告に戻った次第です」

「多分それはコリトコの村のレッサーエルフだろうな」

「遠目で耳の形や顔は判別できませんでしたが、おそらく間違いないかと」

僕は不安そうな顔をするコリトコの頭をクシャクシャに撫でる。

「何すんだよ領主様ぁ」

突然そんなことをされて、慌てて僕の手を払いのけたコリトコに僕は宣言した。

「そんな暗い顔しなくても大丈夫だ。全部僕たちに任せておけばいい」

そう言ってできる限りの笑顔を浮かべたのだった。

【第五章】
聖獣様の悩みを解決しよう！

「本当だ」

キエダの先導で森の中を進んでいくと、前方の木々の間から徐々に陽の光にきらめく湖面が見えてきた。

その水は遠目でもかなりの透明度で、まさに『聖なる泉』という名前にふさわしく思えた。

「上から見た時は小さく見えたけど、下で見ると大きいね。やっぱり木に隠れて小さく見えてたのか」

「そうですな。これだけの大きさだと泉と言うよりやはり湖と呼ぶべきでしょうが、かといって『聖なる湖』というのも何か語感がよくないですな」

「語感とかそういう問題？」

「語感は大事ですぞ。それによって人の心に感じるイメージが全く変わってきますからな」

「たしかにそれはそうだけどさ」

聖なる泉は今見えてる範囲だけでもかなり広く、今僕たちが少しずつ広げている拠点の倍はありそうだ。

そして――

「あそこです」

キエダが指さす木々の隙間に目を向けると、そこには先ほどキエダから報告のあった桟橋が対岸にたしかに存在していた。

「桟橋と小さな船……というかボートかな？」

「なかなか良いボートに見えますな」

「それと確かに女の人がいる。ここが聖なる泉なら、間違いなくコリトコの村のレッサーエルフだろうね」

「桟橋に座っておしゃべりでもしているようですぞ」

「遠くてよくわからないな」

僕は後ろを振り返ってコリトコを手招きする。

コリトコがファルシの背から降りて僕の隣まで来ると、その二人を指さして尋ねた。

「あの二人は知ってる人かい？」

「うーんと、僕も遠くてよくわかんないけど、この時間にいる二人なら多分リエイリ姉ちゃんとメミグメ姉ちゃん……だと思う」

リエイリとメミグメという女レッサーエルフは、よく二人で連れ立ってこの聖なる泉に遊びに来ることが多かったという。

子供の面倒見も良く、コリトコや彼の妹のメリメもいつも遊んでもらったり、手の空いてる時は仕事を手伝ってもらったりしたとか。

「ということは、この先にコリトコの村はあるってことは確かだな」

「あの桟橋は村の人たちが泉の魚を獲る時に使ったりもするんだよ」

「聖なる泉の魚を獲っても聖獣様に怒られないのか？」

「うん。聖獣様はよほどのことでもない限り怒ることはない寛大なお方だってお父さんも言ってた」

だがその聖獣様とやらはどこにいるのか、見える範囲には見当たらない。

気になった僕は聖獣様の居場所ををコリトコに聞いてみる。

「聖獣様ってこの泉の近くにいるのかい？」

「いるはずだよ。僕も何度か遠くから僕たちを見守ってくれてる聖獣様を見たことあるもん」

「そうなんだ」

「昔は村にも時々やって来たってお父さんは言ってたけど」

「村って、コリトコの村にだよね？」

「うん。お父さんが子供の頃はよく村まで来てたって」

そこまで語った後、コリトコは僅かばかり表情を暗くさせる。

「でも僕が生まれた頃から、どうしてか村にも来なくなって、泉の近くでも遠くに姿が見えるだけになっちゃったんだって」

それまでは村人とそれなりに交流を持っていたらしいのに、なぜ突然それを絶ったのか。

しかも直接の交流は絶ったのに、村と村人を守ることは続けているという。

いったい聖獣様と村人の間に何があったというのだろうか。

それとも聖獣様の気まぐれなのだろうか。

魔物の気持ちはよくわからない。

「コリトコは聖獣様を近くで見たことはないのかい？」

「あっちは遠くから数回見たことがあるくらいかな」

レッサーエルフの民を遠くから見守り、この地を守護するだけの聖獣様は、この危険な島で生きる彼らにとっては神に等しい存在なのかもしれない。

まさに聖なる獣……『聖獣』という名に相応しい存在なのだろう。

「一度会ってみたいものだね」

さぞ高貴な魔物なのだろう。

この島の領主としては一度正式に会って、話をしなければならない。

「さて、それじゃあ彼女たちに挨拶にでも行こうか」

「そうですな。遠くからのぞき見していては失礼でしょう」

僕は一同にそう告げると、森から出ようと一歩足を踏み出そうとした。

しかしその次の瞬間。

「レスト様！　何か来ます！」

突然キエダがそう小さな声を発して、森から出ようとしていた僕の肩を引き戻したのである。

「何かって？」

そう問い返す僕の耳にも聞こえた。

森の中……明らかに僕ら以外の何者かが移動する音だ。

「魔物か？　それとも獣か？」

引き返すべきか進むべきか。

「わかりませんが、確実にこちらに向かってきておりますぞ」

相手は明らかにこちらを既に認識しているように、一直線にこちらに向かってくる。

息を潜め、その音の主を待つ僕らの前に、森の奥からその音の主が姿を現す。

「馬……なのか？」

僕たちの目の前に現れた魔物。

それは一見すると少し大きめの白馬のようだった。

いや、その体色は正確には白ではない。

薄暗い森の中なのでわかりにくいがその体はうっすらとピンク色であった。

「あの額の角からするとユニコーンではないでしょうか？」

たしかにキエダが言うように、目の前の馬の頭には一本の立派な角が生えている。

それは僕も学生時代に習ったことがある、ユニコーンの特徴そのものだった。

「キエダ」

「はい、お任せください」

いつの間にか両手に銀色に光るナイフを構えたキエダが、僕とユニコーンの間に滑り込むように移動する。

ユニコーンという魔物は清い乙女には従順で、その乙女を守る時にはとんでもない力を出すらしい。

だけど、清い乙女以外には凶暴な害獣でしかなく、その角で毎年何人もの人が命を落としていると聞く。

なので、王国では討伐対象魔物とされていた。

「勝てるか？」

「普通のユニコーンであれば何度か仕留めたことはございますが……このユニコーンは何か様子がおかしいですぞ」

たしかに目の前で僕たちを見つめるユニコーンの瞳からは、聞いていたような凶暴な気配はまったく感じられない。

僕とキエダがそのことに戸惑っていると――。

「まって領主様！」

コリトコがそう叫んで僕とキエダの前に飛び出したのだった。

そしてコリトコはそのまま僕たちとユニコーンの間に立ちふさがるように両手を広げる。

それはまるで僕たちからユニコーンを守るかのようで。

困惑する僕らだったが、次にコリトコが口にした言葉を聞いて彼の行動の意味を理解した。

「このお方が聖獣様なの!!」

「聖獣……まさか、このユニコーンが？」

僕が思わずそう呟くと、ユニコーンがコリトコを押しのけるように前に出て来た。

そして僕の顔を覗き込むように見つめると――。

『我の名はユリコーン。決してユニコーンなどという野蛮な獣と同じくしてくれるでないぞ』

「しゃ、喋ったぁぁぁぁぁ!!！」

馬の口から出たものとは到底思えない流暢な共通語に驚いた僕たちだったが、そのユリコーンの言葉はそれでは止まらなかった。

『そもそもユニコーンなどという奴らは何も理解しておらぬのだ。彼奴らは乙女でないという理由だけでその先に広がる全ての可能性を否定して命を奪おうとする。まったくけしからん。純潔な乙女同士でなくともそこに愛を感じたのならそれで良いではないか。そこに女性が二人以上いればそれだけで妄想が捗るだろう？　お主もそう思わぬか？』

「は……はぁ……」

早口でまくし立てられ、言葉の奔流が次から次へ僕の耳を打つ。

だけど、その言葉の内容は僕の理解の範囲を超えていて、生返事を返すのがやっとだ。

僕は救いを求めるように視線を少しユリコーンからずらしてキエダに救いを求める視線を送る。

だが、彼もどうしたら良いのかさっぱりわからないのか、困惑した表情で固まったままで役に立ちそうにない。

『しかるに先ほどからあの桟橋で戯れる美しき百合の花に声をかけようとするお主の無粋な行動は我は断じて認められぬ。我は彼女たちの逢瀬を遠くからこうして見守る存在なのであるからして――』

「そ、そうですか。すみませんでした」

鼻息荒く話し続けるユリコーンの言葉はどんどん支離滅裂になっていく。

おかげで話の内容がほとんど理解できない。

僕は固まったままのキエダから、助けを求める視線をコリトコに移動させた。

テイマースキル持ちで、聖獣様に慣れているはずの彼ならこの言葉の嵐をなんとかしてくれるだろうという願いを込めて。

だけど、そのコリトコの顔は僕の予想に反して、キエダと同じように驚きの表情を浮かべて固まっていた。

初めてこの聖獣と対峙している僕らと違って、コリトコは聖獣様のことは僕らよりも知っているはず。

なのに、そんな彼もこの聖獣の早口を止めることができないのかと諦めかけたその時だった。

「せ、聖獣様が喋れるなんて……」

『……お主、まさかあの村の……』

ぽつりと呟かれたコリトコのその声に、未だにペラペラと喋り続けていたユリコーンの言葉がピタリと止まった。

そして僕からゆっくりとその顔を離すと姿勢を正し。

『ユリリーン！』

そう馬のように嘶《いなな》いたのである。

その姿はまさに聖獣という言葉に相応しく、体をまとうピンク色のオーラと威厳のある佇まいに、初めてその姿を見たならば見とれてしまったかもしれない。

だけど先ほどの姿を見ていた僕たちにはもういろいろと不味い部分を取り繕うために決めたポーズのようにしか見えなくなっていた。

もしかしてユリコーンは自分が喋ることができるという事実を、コリトコの村の住民たちには隠していたのだろうか。

「聖獣様。言い辛いのですが……もう手遅れだと思いますよ」

『……やはりか……』

「あっちも」

「私も」

「……ですわね」

『クゥーン』

しばらくの沈黙の後、聖獣ユリコーンはその場に集った一同の反応を見渡して。

『……できれば村の人々には知られたくなかった……我が積み上げてきた神秘性が……』

がっくりと長い首を垂らし、そう口にしたユリコーンの姿からは既に聖獣の威厳はまったく感じられない。

長く立派な角が地面につきそうなくらいうなだれているところを見ると、よっぽど自分の『聖獣イメージ』が守れなかったことを悔やんでいるのだろう。

「聖獣様？」

コリトコがそんなユリコーンに近づくと「いつもあっちたちを……村を守ってくれてありがとうって言いたかったの」と、うなだれ下がった首を優しく撫でながら話しかけた。

確かに先ほどは突然早口でまくし立てられたせいで驚いたけれど、目の前にいるこのユリコーンはコリトコの村とその人たちを守り続けてきた聖獣には違いないのだ。

僕たちには『ちょっとおかしなお喋り好きな魔物』にしか見えなくても、コリトコや彼の村の者からすれば神にも匹敵する存在に違いない。

だとすればここは一つ、これから先この領地を治めるに当たって重要になるに違いないユリコーンの機嫌を取っておくべきだろう。

特にこれから僕たちが向かうコリトコの村人にとっては『聖獣様』は特別な存在であるだろう。

その存在と話ができるチャンスを無駄にしてはいけない。

「大丈夫ですよ聖獣様。僕たちもコリトコも、ただ単に聖獣様に話しかけられて少し驚いただけで……」

『本当か？』

コリトコにお礼を告げられ、僕の言葉を聞いたユリコーンがうなだれていた頭を僅かにあげながら上目遣いで問いかけてきた。

僕とキエダ、そして多分気配から後ろにいるテリーヌも大きく頷いて見せると、ユリコーンはその角をやっと天に向くまで頭を上げる。

『突然まくし立てるようにしてすまなかった。我も幾度となく反省はしておるのだが、語り出すと止められない性格でな。なので村人たちとはなるべく接触せぬようにしておったのだ。万が一接触してしまった時はわざと馬のような鳴き声を上げて誤魔化したりな。しかし村の者たちではないお主らを見かけて我の縛《いまし》めが解かれてしまってなぁ。それというのも——』

「せ、聖獣様」

『ん？　なんだ。まだ話の途中ぞ？』

「その話、長くなりそうですかね？」

『……すまぬ。また悪い癖が出てしまったようじゃ。なんせ他の者と会話をするなど随分と久しぶりだったのでな。どうして久しぶりなのかと言えば、昔はこの辺り一帯に我と同じような魔物が沢山いたのだが。彼らを見かける度に話しかけ続けていたらいつの間にか誰もこの近くに寄りつかなくなってしまってな』

だめだこの聖獣。

まったく反省していない。

もしかするとこの辺りに危険な魔物が現れなくなったのは、この聖獣がウザ絡みをしまくっていたせいなのではなかろうか。

『――もちろん我もかの村の乙女たちと話をしたいと思って、随分昔のことだが一度だけ声をかけようとしたこともあるのだ。あの頃は我が近寄っていくと乙女たちが一斉に駆け寄ってきたものだ』

「さすが聖獣様。昔から人気者だったんですね」

「そりゃあっちたちの大事な聖獣様だもん！　当たり前だよ！」

コリトコが憧れの表情で見上げるユリコーン。

だけど、今まで軽快に喋り続けていたユリコーンの言葉が突然途切れ、その表情にも僅かに影が差す。

「どうかしましたか？」

『……思い……出したのじゃ……』

「何をです？」

『お主たちに……特にそこな乙女に聞きたいことがあるのじゃが良いか？』

なぜだか不安げな表情を浮かべたユリコーンが、ファルシの背から降りたテリーヌに近寄りながらそう言った。

正直、このユリコーンをテリーヌに近寄らせるのは危険ではないかと思わなくもないが、今は彼がテリーヌに何を聞きたいのかが気になって様子を見ることにする。

「私で良ければなんなりとお聞きください聖獣様」

『かたじけない。麗しき乙女にこんなことを聞くのは我も勇気がいることなのだが、今を逃せばもう二度と機会はないかもしれぬと思ってな』

ユリコーンはそう言ってから一度天を仰ぎ見て目を閉じ、もう一度開いてからその言葉を放った。

『我の体、獣臭くないかのう？』

「えっ」

『じゃから、我の体臭は気にならないかと聞いておるのじゃ』

「体臭……ですか？　えっと……」

テリーヌは少し目を閉じると鼻をピクピク動かして臭いを嗅ぎ始める。

その間、まるで神の審判でも待つかのように佇むユリコーンの姿は、悲壮感をにじませていて、端で見ている僕らにも緊張が走るほどだ。

「……正直に申し上げてよろしいでしょうか？」

テリーヌが目を開きそう告げると、ユリコーンは『お願いする』と答え目を閉じた。

「ではお答えします。聖獣様の体からは、お馬さんと似たような香りがします。ですが」

『ですが？』

「それに加えて少し……いえ、かなり強く不思議な香りがいたしました」

『その香りはお主からしてどうだ？　良い香りなのか？　それとも……』

ユリコーンの問いかけに、テリーヌは口ごもった後、そっと目を背けた。

その態度が答えとなった。

『やはり我は臭いのじゃな……。あの時、乙女たちに言われたのだ……聖獣様は見かけは綺麗なのに獣臭いと』

天を見上げたまま、ユリコーンは昔を語りつつ目を閉じる。

涙こそ流していないが、僕には彼が泣いているように見えた。

『あれから我はなるべく村の者たちに近寄らぬようにしてきた。そして、いつか彼女たちに近づいても獣臭いと言われないようにと、毎日水浴びをし、森の奥にある香草の群生地を転がり回って良い香りを身に染みつけようとした……その全ては無駄だったということか』

その呟きは優しい風と共に、ユリコーンの複雑怪奇な体臭を乗せたまま森の奥へと流れていく。

しばしの沈黙のあと、ユリコーンは僕らまで哀しくなるような姿のまま口を開いた。

『我はもう去るとしよう……そして二度と人には近づかず、今まで通り遠くから眺め見守るとしようぞ』

ユリコーンはそう悲しそうに呟いてから僅かに頭を上げて、未だに桟橋の上で戯れている二つの影を見つめた。

その瞳には既に何かを悟ったような色が浮かんでいる。

本当ならユリコーンの悩みを今すぐにでも解消してあげたい。

だけど、いくら僕のクラフトスキルでも体臭まではどうにもならない。

体質そのものをクラフトで作り直せるのなら可能だろうが、僕のスキルにはそんな力はない。

「聖獣様……そんなの嫌だよ。やっと話ができたっていうのに！」

コリトコがそんなユリコーンを見上げながら叫ぶ。

『お主は我と話をしてくれるというのか？』

「うん！　もっと、もっと一杯お話を聞かせてほしいんだ。村の昔のこととか知ってるんでしょう？　村に来て村のみんなにも話してよ」

『……だが、我は……少々臭う故な……』

「大丈夫だよ!?　みんなこれくらいは我慢できるはずさ」

『が、我慢か……そうか……我の体臭は我慢せねばならぬほどなのだな』

一切の悪気もなく、必死に慰めようとしているコリトコの言葉が、逆にユリコーンの心を切り裂いていくのを僕は見ていることしかできない。

「あの。よろしいでしょうか？」

そんな僕の肩に後ろから手が置かれた。

「テリーヌ？」

振り返るとそこに立っていたのはテリーヌだった。

「レスト様。もしかしたら私の力《ギフト》で、聖獣様の悩みごとをどうにかできるかもしれません」

テリーヌはいつもの優しげな雰囲気を湛えながらそう告げると、そのままユリコーンのもとへ歩み寄る。

「聖獣様」

『乙女よ。我などに近寄るとお主も穢《けが》れてしまうぞ』

「聖獣様に近寄ったからといって私が穢されることなどございません」

毅然とした態度でユリコーンの言葉を否定すると、テリーヌは優しい笑みを浮かべて言葉を続けた。

「聖獣様。もしよろしければ私に一つ試させてもらいたいことがあるのですが」

『試す？　何をだ？』

「少しの間、お体に触れさせてもらってもよろしいでしょうか？」

テリーヌの言葉に突然ユリコーンは狼狽《うろた》え出し、その場で小さく足踏みを始める。

次に顔と目線を、あっちへ行ったりこっちへ行ったり忙しなく動かす。

「ダメでしょうか？」

そう問いかけるテリーヌに、必死に感情を押し殺したのがバレバレな声音でユリコーンは答える。

『わ、我の体に触れ――触れるとな！　乙女が我の……そんなことをすれば清らかなその身が穢れてしまうやもしれぬぞ。いや、しかしこんな好機はもう二度と……』

「それでは少し触りますので落ち着いてくださいね」

『う……うむっ』

テリーヌの言葉に「ぴーん！」と直立不動の状態で固まったユリコーンの胸に、テリーヌの手が伸ばされる。

びくんっ。

手が触れた瞬間、ユリコーンは一瞬反応したが、その後はテリーヌの手が離れるまで微動だにせず、全てが終わるまでそのままだった。

「ありがとうございました」

暫くして、テリーヌはそう言うと手を離す。

そして彼女の手が離れた瞬間に、ユリコーンはその場にへなへなとしゃがみ込んでしまった。

「聖獣様、大丈夫？」

『あ、ああ。我は大丈夫だ問題ない』

そんなコリトコとユリコーンから離れ、テリーヌは僕たちのもとへやってくる。

「レスト様」

「どうだった？」

彼女は自分の持つギフト『メディカルスキル』を使って、ユリコーンの悩みを解消する方法を調べたはずである。

しかしユリコーンの悩みが彼女のギフトでは解消できないものだった場合は、諦めて別の方法を探さなければならないと思っていた。

だけど彼女の浮かべた表情を見る限り、どうやらその必要はないみたいだ。

「成功しましたわ」

そう言って花が咲いたような笑顔を浮かべ、胸の前で小さな握りこぶしを二つ作ったテリーヌは、僕に二つのものを作ってほしいと言った。

一つは経口摂取型の体質改善薬。

そしてもう一つは——。

「香水？」

「はい。体質改善薬で体臭はかなり抑えられるはずですが、完全に体質が変わるまでは半年ほどは必要でしょう」

「体質まで変えようとすれば時間がかかるのはしかたないね」

「はい。即効性のある薬も頭に浮かんだのですが、かなりの副作用があるみたいで」

どんな副作用があるのかはわからないが、危険性があるものをユリコーンに勧めるわけにはいかないだろう。

藁にもすがる思いで手を出しかねない。

「ですのでそれまでの間は体臭を抑えるための成分が入った香水で補おうと思います」

テリーヌはそう言うと、キエダから手帳とペンを受け取る。

そしてその一ページに次々と必要な物を書き出していく。

書かれているのは僕が知っている基本的な素材以外にも、スレイダ病の薬を作った時と同じように見たことも聞いたこともない薬草や香草の名前がちらほら見受けられた。

テリーヌは必要な素材を書き終えた後、次のページを開き今度はそこに調合方法を続けて書きだした。

彼女らしい几帳面で柔らかな文字はとても読みやすく、解読困難な文字を書くフェイルにも綺麗な文字の書き方を教えてやってほしいと思わずにはいられない。

『乙女よ。一体今のは何をしたのだ？』

テリーヌが調合方法を書いていると、先ほどの腰砕け状態から立ち直ったらしいユリコーンが声をかけてくる。

そんなユリコーンに「少々おまちくださいませ」と答え、全てを書き終えてからテリーヌはユリコーンに優しい表情を向けて答えた。

「聖獣様。貴方のお悩みはすぐにレスト様が解消してくれますわ」

『まさか我の体臭を消す方法があるというのか！』

ユリコーンはテリーヌの言葉に驚いたような声を上げる。

「完全に無臭とまではいきませんが、それでも誰もが気にならない程度までは可能だと思いますわ」

『で、ではすぐにでもお願いできるだろうか。お主たちの持つ不思議な力で可能なのだろう？』

すがるような目でテリーヌを見つめながら、ユリコーンは頭を下げる。

あまり勢いよく下げられると角を頭上から叩きつけられるような気がして怖いので止めてほしい。

「はい。ですが今すぐにというわけにはいきません」

『なぜだ？』

その問いかけに答えたのは僕だ。

「体臭を消すための薬と香水を作る材料が、まだ足りないんですよ」

僕は今テリーヌから手渡されたばかりの手帳を覗き込み、頭の中で自分が持っている素材の一覧から必要なものを検索した。

結果、三つほど足りない素材があったのだ。

「ですので今からまずその材料を集めないといけなくて。多分この島に自生しているはずなんですが……」

『ふむ。つまりその材料が揃えばよいのだな』

「そういうことです」

『ではその足りない材料の名を言うが良い。我はこの辺りには詳しいのだ』

早く言うがよいとせっつくユリコーンに、僕は手帳の中に書かれた材料の内、手持ちにないものの名前を答えた。

「えっと、足りないのはミトミ草とロマリーの花……あとはセベリアの葉かな。あとは僕がすでに持ってる素材で足りそうなんで」

『ふむ……ロマリーの花とミトミ草は知っておる。たしか村の娘たちがよく摘んでいる草花だったはずだ。しかしセベリアか……』

「知りませんか？」

『我とて人が付けた草花の名前をすべて知っておるわけではないのでな。せめて外見でもわかれば見当がつくのだが』

ユリコーンが言うには、魔物や獣は植物などに名前を付けて区別はしないらしい。

草花に綺麗な名前をつけるのは、人間やエルフなど人型の種族の特徴だとのこと。

綺麗じゃない冗談で付けたとしか思えないものもあると口を挟みたくなったが、さすがにそれは言わないことにした。

しかし名前だけではわからないとなるとどうしたものか。

「では私が絵を描きますね」

そんな僕たちの会話を横で聞いていたテリーヌが、元気よく手をあげてそう言った。

「えっ、テリーヌが描くのか？」

「私が自分のギフトでその姿を見て知っていますから。それともレスト様はセベリアの葉をご存知で？」

「い、いや。初めて聞く名前だな……キエダはどう？」

知っていたならとっくにその特徴をユリコーンに伝えている。

それができなかったのは、僕がセベリアという植物を知らなかったからで。

僕は僕以上の知識を持っているキエダに聞いてみることにした。

「私も存じ上げておりませんな。きっとまたこの島特有の植物なのでしょう」

どうやら彼もセベリアという名前の植物は知らないらしい。

もしかすると島外ではセベリア以外の名前で呼ばれている植物なのかもしれないが、そこまでは流石に僕らではわからない。

唯一その姿形を知るのは、ギフトで見たらしいテリーヌだけである。

僕は彼女に「それじゃあ頼めるかい？」とお願いするしかなく。

「それではレスト様、その手帳とペンをこちらに」

「ああ」

そうして渋々ながら手帳とペンを渡す。

テリーヌはそれを受け取ると「よしっ」と小さく気合を入れてから白紙のページに向けてペンを走らせはじめた。

後ろを向き、僕たちに描いてる最中の絵を見せないように彼女が描き始めてしばし。

「うん。いい出来です」

そんなつぶやきが聞こえ、彼女が振り返る。

そしてそのままユリコーンのもとに駆け寄ると、その手帳を目の前で開いた。

「できました。これがセベリアの葉です」

いい絵が描けたと自信満々なテリーヌに対し、手帳をひと目見たユリコーンの顔に浮かんだのは困惑だった。

『……これは本当に葉なのか？』

「もちろんです」

『そ、そうか……だが、そうだとするなら残念ながらこのように禍々しい植物は見たことがない』

「禍々しい？　丸っこい可愛らしい葉っぱだと思うのですが」

禍々しい。

その言葉を聞いた僕とキエダは互いに顔を見合わすと小さく頷きテリーヌに語りかけた。

「ちょっと僕にも見せてくれるか？」

「私も拝見させていただいてよろしいですかな？」

「もちろん。かまいませんわ」

テリーヌはユリコーンの反応が不満だったらしく、少し怒ったような口ぶりで僕たちにその手帳を差し出した。

手帳を受け取った僕がキエダとともに見たその絵は――。

「……これは……」

「このような植物がこの島には生えているというのですか」

「とても可愛らしく描けたと思ってますのよ」

どこからその自信が湧いてくるのかわからない。

だが、僕たちが見ているその絵に書かれた葉は、とても彼女の言う『可愛らしい』とは真逆で、むしろ見るもの全ての心に恐怖を植え付けるような、幾人もの冒険者の命を奪った魔植物だと言われても誰も疑わないであろう、見てるだけで精神力を根こそぎ削られるような代物だったのだ。

「あっちにも見せてー」

そう言って興味津々で近寄ってきたコリトコの目から、僕は隠すように手帳を閉じる。

とてもではないが子供に見せることができる代物ではない。

最悪、心に深い傷を残しかねない。

「まぁ、テリーヌに絵のセンスがないことは知ってたけど……」

ついそんな風に口に出してしまう。

そしてそれを耳にしたテリーヌの笑顔が固まった。

「レスト様！」

キエダが小さな声でそう言って、後ろから僕の背中を軽く叩く。

これは急いでフォローしろという合図だ。

「い、いや。センスってのは僕の言い方が悪かった。テリーヌのセンスと僕のセンスがちょーっとちがうなぁって思っただけなんだよ」

「そうですぞ。センスなどというものは人それぞれですからな。テリーヌ殿の選ぶ服をフェイルはいつも大喜びで着めていたではありませんか」

僕たちは知っていた。

島に来る前にほとんど処分してしまったが、テリーヌの洋服コレクションのほとんどが『え？ 一体どこでそんな服売ってるの？』という代物だったということを。

そしてその理由が『テリーヌのファッションセンス、そしてデザインセンスが壊滅的だったから』であることもだ。

完璧なできるメイドであるテリーヌだったが、そこも欠点であった。

いや、個性があることは素晴らしいと僕も思うけれど。

僕はもう一度手帳を恐る恐る開いて、セベリアの絵だとテリーヌが言い張るそれを見る。

やはりこれはダメだ。

危険すぎる。

「テリーヌ、君は頭の中に浮かんでいるセベリアの姿をこの手帳に描いたんだよね？」

「もちろんですわ！」

これは怒っていらっしゃる。

僕はなるべく優しい声音で質問を続ける。

「それじゃあ頭の中に浮かんでるそのセベリアの外見を言葉で説明してみてくれないかな？」

「良いですわ。その絵の通りだとわかってもらえるはずです」

この絵そのものの植物だったとしたら絶対に近寄りたくない。

僕は慎重に彼女からセベリアの姿形を聞き出すことにした。

結果――。

「……この絵の通りだな……」

「左様ですな。だとすると本当にこのような植物が実在するということになりますぞ」

「レスト様もキエダ様もこれで私の絵が完璧だとわかっていただけたと思いますが？」

自慢げな顔でそう言い張るテリーヌだが、やはりこんな植物が存在するとは思えない。

しかし手がかりはこの絵とセベリアという名前だけである。

「コリトコ。本当に『セベリア』という名前の植物……いや、化け物かもしれないが心当たりはないか？」

「うーん……あっちは知らない。でも村長とかだったら物知りだから知ってるかも」

「それじゃあ一度村に行ってそこで聞くしかないか」

「そうですな。村の長老か狩人ならこの島の植物について詳しいでしょうから」

僕たちが頭を突き合わせながら相談をしていると、突然ユリコーンがテリーヌの前まで歩き、彼女に向けてこんなことを言いだした。

『……テリーヌ嬢。頼みがあるのだが、我の角を握ってはくれないだろうか』

この変態馬、こんな時に突然何を言い出すのか。

もしかして僕たちが相談をしている間、待っているのが暇になったのだろうか。

「聖獣様。突然性癖をさらけ出すのは止めてくれませんか」

『そうではない。確かに乙女に角を撫でてもらうのは素晴らしい体験ではあるが、決してそのために頼んだわけではない』

返事の内容の前半部分は少し怪しかったが、そう告げるユリコーンの目は真剣であった。

先ほど桟橋で戯れる乙女を見つめていた時とは全く違っている。

「じゃあどういうこと？」

『実は我にもお主たちのその不思議な力と同じように他にはない力を持っているのだ』

「聖獣様もギフトを？」

『お主らはその力をギフトと呼んでいるのか？　我ら魔物はただ単に【力】と呼んでおるがな。つまり我にもあるのだよ、そのギフトとやらがな』

　ユリコーンが言うには、彼の角は人の心を読むことができる力を持つらしい。

　離れたところからだと漠然と悪意や好意、楽しい嬉しい悲しい辛いなどの感情が読める程度なのだが、直にその角に触れることで心の深くまで探ることができるという。

『というわけなのだ』

「なるほど、つまりその力でテリーヌが見たというセルベアの姿を、彼女の心から直接読み取ればいいってことですか」

『そういうことだ』

　たしかにそれなら絵や言葉で伝えるよりも確実だろう。

　だけど少しだけ不安に思うことがある。

　なので僕はユリコーンの側に寄ると、テリーヌに聞こえないように耳元に囁きかけた。

「でも、もし本当にあの絵と同じような化け物だったら危険ではないですか？　あの絵以上に精神とかにダメージ受けたりするかもしれませんよ」

『大丈夫だ。我の精神はそこまで脆くはない……はずだ』

「ゆっくり慎重に。もしダメだと思ったらすぐに見るのを止めて良いですからね」

『わかっておる』

そこまで話し合ってから僕は離れる。

そして最後に一言だけ忠告をし忘れていたことに気がつき口を開いた。

「でもセベリアのこと以外は読んでは駄目ですよ？」

『もちろんだ。我は聖獣とよばれし者ぞ。乙女の嫌がることをするわけがなかろう。乙女の秘密は守るのが我らユリコーン一族の掟』

「だから信じられないんだよなぁ……って他にもユリコーンっているの⁉」

『この島には我しかおらぬが、我と同じく目覚めし者がいることは知っておる』

「目覚めし者って。何に目覚めたのか知りたいような知りたくないような」

僕がそんなことに驚いて固まっている間に、テリーヌがユリコーンの前に歩み出る。

「私は聖獣様を信じますわ。聖獣様、よろしくお願いいたしますわね」

小さく頭を下げてからその白魚のような指をユリコーンの角に伸ばしていく。

ユリコーンもその手が届くように頭を下げる。

「……角って初めて触りましたが温かいのですね」

『もっと強く、ぎゅっと握って良いぞ』

「はい。ぎゅっと」

テリーヌが、角を優しく握っていた手に力を込めた。

同時にユリコーンは目を閉じ、なぜか恍惚とした表情を浮かべる。

こいつ本当に大丈夫だろうか？

僕の心にそんな疑問が浮かんだが、ユリコーンはすぐに目を開くと――

『もう良いぞ』

それだけ告げて、テリーヌが手の力を緩めるとそのまま素直に頭を上げる。

僕は彼を信じず余計な邪推をしていたことに少し反省した。

「伝わりましたか？」

『うむ……この植物なら見覚えがあるぞ』

「本当ですか！」

『それに他の二つもな。この泉に流れ込んでいる川の上流に群生地がある』

「それじゃあ」

『今すぐ出発して、早くその薬と香水を作ってもらわねばなるまい。まずはこの森を突っ切った先にある川に向かうぞ』

ユリコーンはそう言うと、踵を返してさっそく森の奥へ向け歩き出した。

慌てて僕たちはテリーヌとコリトコをファルシの背に乗せると、すぐにユリコーンの後を追った。

「聖獣様、そんなに急いで行かれたら困りますって」

ユリコーンの体がうっすらと覆うピンクの光を放っているおかげで、森の奥に向かう姿を見失うことはない。

それだけではなく、彼が通った後には得も言われぬ香りが漂っていた。

「この臭いをたどっていくのは結構辛いな」

「口で息をするようにすればいいのですぞ」

『クーン』

特に臭いに敏感なファルシはかなり辛そうだ。

これは早めに手を打たねばならない。

「テリーヌ。川に着いたらやってもらいたいことがあるんだ」

「何をですか？」

僕はユリコーンの姿を急ぎ足で追いながら、ファルシの背に乗る二人にひとつ仕事を頼んだ。

「わかりました」

「あっちもわかったの」

普通なら嫌がられることだろうけど、この二人は了承してくれると思っていた。

「それじゃあ頼むよ」

僕は二人にそう告げると、ユリコーンを追って先頭を進むキエダに追いつくために足を速めるのだった。

＊　＊　＊

森を抜けた先に聖なる泉に流れ込むその美しい川はあった。

流れる水はとても綺麗で透明度も高く、流れに逆らって泳ぐ魚の影もよく見えた。

そしてその聖なる川とも呼べる清流にたどり着いた一行が、最初に行ったのはユリコーンの体を洗うことだった。

ユリコーンは自らの獣臭を消すために、知る限り様々な香草の群生地で、草の生えた地面に自らの体をこすりつけ、良い香りを体に付けることを日課にしていたらしい。

適当な場所の香草を適当に何種類も体に擦り付け続けたせいで、結果とんでもなく複雑な香りを身にまとうこととなったというわけである。

なのでまずはその体に染みついた『聖なる香り』を洗い落とさないとダメだということになったのである。

「レスト様、新しい洗い布を作ってくださいませ」

「こちらも新しい馬用のブラシと石けんを追加でお願いしますぞ」

「了解。ほらっクラフト。先に洗い布な」

僕は川の横でユリコーンの体を必死に洗う二人の注文を受けて、その品物をクラフトするとコリトコに預ける。

最初は僕も二人と一緒にユリコーンを洗うつもりだったのだが、なぜかやんわりと二人とユリコーン本人に断られて資材搬出係と化していた。

そんなユリコーンは今、僕がクラフトした膝丈くらいまでの深さの簡易的な風呂桶の中に立って洗われている。

その風呂桶からは川上と川下に向けて筒が伸びて繋がっている。

上流から流れてきた水は、その筒に入ると、風呂桶まで流れてくる仕組みだ。

そして排水はそのまま下流へ栓を抜けば流れ出すようになっている。

「次は天然石けんと、ブラシだったな。よし、クラフト！」

美しい川を守るために、僕が知る限り一番安全な石けんを選んでクラフトしているのだが、その代わり洗浄力が弱く洗うのに時間がかかっていた。

この石けんを売っていた人によれば『人が飲んでも大丈夫な石けん』らしい。

実際町ではその販売員が魚の入った水槽に石けんを溶いた水を入れても魚は平然と泳いでいるというようなパフォーマンスをしていた。

正直かなり胡散臭かったが、少し興味が出たので話を聞いてみた。

どうやらその石けんを作っているのは王立魔法学園の某有名教授で、偶然にもその教授と僕は学生時代にいろいろ付き合いがあり——今はその話は置いておこう。

とにかくその教授が研究資金集めのために、発明した石鹸を量産し、売ることにしたらしい。

いろいろ問題のある教授だったが、こと研究に関しては妥協を許さない彼が作ったものであるなら信用できる。

僕はとりあえず情報提供の礼も兼ねて一セット買うと、その足で久々に教授のもとに向かった。

久々に会った彼は相変わらず奇妙奇天烈ではあったが、僕がエルドバ島に赴任するという話を聞いて、島なら自然を壊さない石鹸は必要だろうと製法を教えてくれたのだ。

「ふぅ、終わりましたわ」

「なかなかの重労働でした」

何度かの洗浄作業の後、テリーヌたちが額に浮かぶ汗を拭いながら戻ってくる。

やっと洗浄が終わったらしい。

当のユリコーンは浴槽から出て今度は直接川の中に入り、その体に付いた石けんの泡を洗い流しているようだった。

僕は柔らかなタオルをクラフトして二人に手渡す。

「助かります」

「私も水浴びがしたくなりましたわ」

「それならあとで囲いを作ってあげるからそこで汗を流すと良いよ」

僕はそう口にしながら即席でテーブルと椅子をクラフトして、次にティーセットをテーブルの上にクラフトする。

「本当にお疲れ様。ハーブティーでも飲むかい？」

「ありがとうございます。いただきますわ」

「かたじけない」

二人が椅子に座ると、コリトコが「あっちも！　あっちも！」とテリーヌの横に座る。

僕は四人分のカップにクラフトしたハーブティーを流し込んだあと、横でお座りをしているファルシ用に皿を用意して同じようにハーブティーを入れてやる。

知る限り我が家にいた犬はこのハーブティーの匂いが嫌いで飲むことはなかったのだが、ファルシは『ワオン！』と一声鳴くと、そのまま皿に顔を突っ込んでぺちゃぺちゃと早速舐め始めた。

しばらくすると、今度はずぶ濡れのユリコーンが戻ってくる。

僕はあらかじめ用意しておいた大きめのタオルでその体を拭いてやる。

途中でキエダたちも加わり、四人で拭き終わった後、ユリコーンにもハーブティーを用意した。

すっかり不思議な香りがしなくなり、代わりに石鹸の淡い香りを漂わせるユリコーンに、僕はもうこのままで良いんじゃないかとその時は思っていた。

だが休憩している間に、徐々に石鹸の匂いをユリコーンの獣臭が上回っていったのである。

「石鹸だけじゃダメみたいですね」

「そうだね」

『やはり体質を変えねばならぬのだな』

しょんぼりとするユリコーンをテリーヌが慰めている間に、僕たちは撤収作業を始めた。

やはりテリーヌの診断通り、体質改善薬と香水は必要だと改めて理解したからだ。

荷物として持っていく以外を素材化ですべて元に戻してから、僕たちは気持ちを持ち直したユリコーンを先頭にして川上に向けて進み出した。

「聖獣様。その群生地はここからかなり遠いのですか？」

ファルシの背中からテリーヌが問いかける。

『いや、それほど遠くはないぞ。なんせあの村の娘たちも時々香草や花を摘みにやってくるくらいの場所だからな』

「もしかして聖獣様の言ってる場所ってあそこ？」

『お主も村の者なら知っておっても不思議ではないな』

「お姉ちゃんたちがよく行ってた『聖獣様の住処』だよね？」

コリトコの言葉はユリコーンにとっては予想外だったのか、一瞬言葉が途切れた後、あらためて答えた。

『住処か……我は別にあそこに住んでいるわけではないのだがな。どうしてそのような名で呼ばれておるのだ？』

「だって、お姉ちゃんたちが薬草とか花を摘みに行くとよく聖獣様を見かけるから、あそこに住んでるんじゃないかって」

『我は匂い付けの日課のついでに、花を摘みに来る乙女たちを遠くからこっそり見守っていただけなのだが』

ユリコーンは自分の趣味と実益を兼ねて、その場所に顔を出していただけだったようだ。

一行の間に微妙な空気が流れる中、コリトコ少年だけは一人、村人を見守ってくれていたと勘違いしたのかユリコーンがいかに素晴らしい存在だと村に伝わっているかを延々と喋り続けていた。

実際は女の子同士が戯れ合う姿を眺めていただけだというのに。

おかげで目的地に着く頃にはユリコーンも『我は今まで他の者たちにこのような仕打ちをしていたのか……これからはなるべく寡黙でいよう』と自らの行いを反省していたほどである。

『着いたぞ、ここだ』

そんなことがありながらも、僕たちは目的地である『秘密の花園』と呼ばれる群生地へとたどり着いたのであった。

ちなみにその名付け親はユリコーンである。

川岸を離れ、少しだけ森のほうに入った所にその草原は広がっていた。

森の中にぽっかりと広がるその花園は、そこだけまるで別世界のように多種多様な花が咲き、蝶が舞っている。

その光景は幻想的で、確かにユリコーンを聖なる獣と崇める村人たちが『聖獣様の住処』と思い込んでも不思議ではないだろう。

「きれい……」

「思っていた以上に美しい場所ですな」

「これは聖獣様の住処って言われるのもわかる気がするよ」

その『聖獣様』の本性さえ知らなければだけども。

『そ、そうか。我も美しいものが好きであるからな』

ユリコーンは少し照れたようにぶるるるっと鼻を鳴らす。

「でも所々地面の土が見えてますわね。何があったのでしょうか」

草花で埋まった美しい景色。

だけどその景色の中に、何箇所か地面の土が見えている場所が散見された。

他は幻想的なまでに美しいだけにその部分だけが異様で、逆に目立っていた。

『ん？　あれは我が体に良い匂いを付けようと体をこすりつけた跡だな』

花園を荒らした犯人はお前か！

僕たちはそう叫びそうになる気持ちをぐっと抑えるためにしばし無言になる。

『なるべく良い匂いの花や草のある場所を探して匂い付けを行ったのだが……全ては逆効果だったのだな』

逆効果どころか、せっかくの景色をぶち壊してるよ。

こんな綺麗な『聖獣様の住処』とも呼ばれてる場所を、その『聖獣様』自ら破壊してどうするんだよ。

そう思わずにいられない。

といっても魔物であるユリコーンと、僕たちの感覚を同じだと考えるのはいささか性急だ。

僕は心を落ち着けて、一同を見回す。

「……」

コリトコを除く全員が複雑な表情を浮かべていた。

多分僕も同じような顔をしているに違いない。

僕はその空気を変えるために声を上げた。

「えっと……どこにあの三種類の植物はあるのかな」

素材の外見については、テリーヌの心を読み取った後、ユリコーンの角に全員が触ることで素材の姿形を共有した。

ユリコーンの力は心を読み取るだけでなく、それを人の心に伝えることもできるらしい。

ただ読むことに比べて伝える力はかなり弱い。

なので自分の思い描く内容を伝えようとしてきた結果が、あの無駄に長い饒舌な喋りに繋がっているのだろう。

「とにかくここに材料は揃ってるんですよね？」

『うむ。左側にお主たちの言うミトミ草が。そして右側の端にロマリーの花が生えていたはずだ。あとセベリアは中央辺りに生えていたはずだが』

僕の問いかけにユリコーンが花で場所を指しながら、素材が自生している場所を教えてくれた。

「それじゃあみんなで手分けして集めましょうか？」

「私はミトミ草を、レスト様は中央でセベリアを、コリトコはテリーヌと一緒にロマリーの花を採取ということでよろしいかな」

採取についてキエダがテキパキと指示を出して進めていく。

『我はどうすれば良い？』

「聖獣様はその辺りで休んでいてください」

何か手伝うことはないのかと口を開いたユリコーンに、テリーヌが額に見えない怒りマークを浮かべたような珍しく低い声でそう告げると、ユリコーンも何かを察したらしい。

一言だけ『そ、そうか。それでは我はそこで休ませてもらおう』と言い残し、草原の端まで歩いて行ってそこにちょこんと座り込んだ。

「それではみんなさん、よろしくお願いしますね」

聖獣様を見送った後、振り返ったテリーヌの顔はいつもと変わらない優しげな表情に戻っていた。

どうやら気持ちは切り替えられたようだ。

「それではコリトコさん。素材を摘みに行きましょうね」

「うん」

テリーヌに手を引かれ、ロマリーの花が咲いているという方向へ向かいだした二人に僕は後ろから声をかけた。

「みんなちょっとまってくれないかな」

その声に振り返る二人と、隣にいるキエダに僕は頼みを口にする。

「みんなそれぞれ素材になる花と草を一本ずつ採取したら僕の所に持ってきてくれないか？」

「一本でよろしいのですか？」

「ああ、一本あれば後は僕がやる」

「領主様が？」

僕はコリトコの言葉に頷くと「ああ。ちょっとやってみたいことがあってね」と答え一つ手を叩く。

「というわけで採取を始めよう」

「わかりました。それでは一本だけ採ってまいりますわね」

「では行きますか」

「はーい！」

一本だけあればいいという言葉に疑問はあるのだろうけど、僕がそう言うならといった表情でキエダとテリーヌ、そしてその後をコリトコが追って散っていく。

それを見送ってから僕も中央に生えているというセベリアを採取しに向かった。

「あったあった、結構沢山生えてるな」

中央付近にたどり着くと、そこはまさにセベリアの畑と言っても良いほどの状況だった。

もしこのセベリアがテリーヌが描いたものと同じ姿形をしていたら絶対近寄りたくはなかっただろうが、そこに生えているのは丸っこい可愛らしい葉を茂らせた膝丈ほどの植物である。

「とりあえず一本……素材化！」

目の前からゆったりと風に揺れていたセベリア草が一本消えると、同時に僕の脳内の素材リストにセベリア草が追加されたのを確認した。

「よし、それじゃあ必要な分だけ採取しますかね。なるべく景観を守るようにっと」

僕は脳内のリストからセベリア草を意識して目の前の景色と重ねる。

正直言えば根こそぎ『素材化』してしまえば楽ではあるのだけど、それだとユリコーンがやったようにこの美しい景観を破壊してしまうことになる。

なので僕は素材化の力を操作してそれを回避することにした。

「えっと、地肌が見えないように固まってる所からなるべく抜くように……よし、行ける」

準備を完了した僕は、手のひらをセベリアの群に向け、いつものように「素材化」の力を発動した。

同時に、目の前のセベリア草が次々と消えて、僕の素材リストへ追加されていく。

そして大体五十本ほど素材化した所で僕は力を止めた。

「よし、思った通りこれなら大丈夫だ」

狙い通り目の前のセベリアの畑は、五十本も抜かれたというのに最初とあまり変わらない景観を保っている。

たしかに抜いた分の隙間は空いているが、言われなければわからない程度だ。

僕が成果に満足してそれを眺めていると、コリトコが一本の花を持って走ってくるのが見えた。

「領主さまーっ！」

手に持っているのはロマリーの花だろう。

「はい、これ」

少し黄色がかった花びらが特徴的なその花を受け取ると、早速匂いを嗅いでみた。

すーっとした柑橘系の爽やかな香りが花の中に広がる。

確かに良い匂いだ。

心が安まるような優しい香りを鼻腔に感じながら、僕はロマリーを素材化する。

「レスト様、こちらがミトミ草ですぞ」

同時に今度はキエダが一本の草を持ってやって来た。

僕はそれを受け取ると、同じように鼻を近づけ――

「うっ……これはきつい」

先ほどの優しい香りと違い、ミトミ草の臭いはかなり強烈なもので、僕はツーンとする鼻を押さえて顔からミトミ草を離した。

「ミトミ草の香りはかなり強いのですわ。ですので思いっきり吸い込むとそうなってしまいます」

コリトコの後をゆっくり追ってきたテリーヌが、僕のそんな状況を見て少し笑いながら言った。

人にとっては匂いがきついだけで悪影響はない。

だが香りに敏感な生物には効果てきめんで、ミトミ草から絞り出した汁は害虫や害獣避けなどにも使われているらしい。

「ですのでそのまま使うのではなく、他のものと混ぜ合わせたり薄めたりして使うのです」

テリーヌは僕の目に浮かんだ涙をハンカチで拭いながら説明を続ける。

「薄めることで、そのままだときつい香りが和らいで、素晴らしい爽快感を感じるちょうどよい香りとなるのですわ」

「そ、そうか。そういうことは先に言っておいてほしかったよ」

僕はミトミ草を素材化しつつ、拭われてもまだ溢れてくる涙を袖で隠しながら、テリーヌにそう応えたのだった。

＊　＊　＊

「それじゃあ今から香水と体質改善薬のクラフトを始めるから」

ロマリーとミトミの群生地を回って必要な材料を素材化した僕は、座り込んで待っていたユリコーンの側にテーブルを作ると、早速香水と体質改善薬の製作に取りかかった。

まずテーブルの上に香水と薬を入れるガラス瓶をクラフトしていく。

香水用に小さめの瓶を十個、薬用に少し大きめの瓶を三個。

蓋はとりあえず王都で買っておいたコウルクという木の樹皮を素材にして作ることができるコルク栓というものにしておいた。

店にあったすべてを買い取ったので、素材収納にはある程度の量はある。

だけどこれから先のことを考えると、この島にも似た素材があればありがたいのだが。

「テリーヌ、どっちを先に作ったほうが良いかな？」

「そうですね、薬は即効性もないですし、まずは香水からお願いします」

「わかった」

僕は脳内にテリーヌに教えてもらった香水のレシピを思い浮かべた。

これでクラフトに必要な素材と必要量がわかる。

次にその素材が僕の素材リスト、もしくは近くに存在するかどうかが自動的に検索されるのだが、この時に素材が足りない場合はどれくらい足りないのかが感覚的に伝わってくる。

今回は既に全ての素材が揃っているので、僕はそのまま心の中でクラフトスキルを発動させれば香水は完成する。

「クラフト！」

机の上に並べた香水瓶の上に手をかざし、僕はそう口にする。

前から言っているが別に「クラフト」と言わなくてもスキルは発動できるが、気分の問題と周りで見ている人たちへの合図のためにあえてそう言うようにしている。

そのほうが格好いいし、わかりやすいだろと前にキエダに言ったら、なぜかすごく優しい目をされたのを覚えている。

「うわぁ。瓶の中に水が出てきた！」

「綺麗な緑色ですね」

「それにスーッとする良い香りが漂ってきましたぞ」

『何度見ても不思議な力よな』

無色透明なガラス瓶の中に突然現れた薄緑をした香水に、みんなが声を上げた。

野外で遮る木々もない場所なので、日の光がガラス瓶の中の液体を美しく輝かせて、それだけでも芸術品のようである。

僕がテーブルの上の瓶、全てに香水をクラフトし終わると、コルク栓を持ったテリーヌがそのうち一つの瓶を手に取る。

「それでは蓋をしておきますね」

そう言ってテリーヌは机の上に並んだ香水瓶に、一つ残して全てコルク栓をしていく。

そして残った一つを持ってユリコーンのもとに向かった。

「聖獣様、今からこの香水をお体に塗り込ませていただきますね」

『うむ、頼む。なら少し屈んだほうが良いか』

ユリコーンは、背の部分の高さがちょうどテリーヌの頭の高さと同じくらいはある。

なので別に屈まなくても頭の辺り以外はテリーヌでも手は届くのだが、そのほうが塗りやすいと判断したのだろう。

「お願いします」

『優しく頼むぞ。特に角は敏感でな、その清らかな指で優しく、こう――』

「テリーヌ。せっかくだからコリトコにも手伝ってもらいなよ」

僕はユリコーンの言動が怪しくなりそうだったので、慌ててコリトコの背を押しながらそう提言した。

あからさまに不満げな表情を浮かべたユリコーンだったが、コリトコが無邪気に「聖獣様、あっちも塗っていい？」と小首を傾げて頼み込むと渋々ながらそれを受け入れるしかなかったのだった。

かわいいは正義である。

まぁ、コリトコは男の子なのだが。

「それじゃあコリトコ、手をこういう風に揃えて前に出して」

「はーい」

テリーヌの指示で、手のひらでお椀を作るように差し出したコリトコの手に、テリーヌが香水を垂らす。

そして同じように自らの手にも香水を付けると、一旦瓶をテーブルに置いてから両手を揉み込むように手のひらに香水を馴染ませる。

「こうやって手のひら一杯に香水を広げてから聖獣様の肌に擦り込むように塗ってくださいね」

「うん！　この水すっごく良い匂いだね」

「水じゃなくて香水よ。良い匂いだけど飲んじゃ駄目だからね」

「良い匂いだけど美味しそうじゃないし大丈夫だよ」

そんな会話の後、二人の手がユリコーンの体を撫で回し始める。

ぬりぬり。

『んほうっ』

ぬりぬり。

『ぬふぅぅ』

手に付いた香水が薄くなる度に瓶から香水を手に付けてまた塗る。

塗り込まれる度にユリコーンの気持ちよさそうな声が、辺り一面に響くのが少し微妙ではあったが、塗り込んでいる二人はあまり気にしていないようだ。

二人の手に香水を垂らす役目はキエダが受け継いで行っている。

しかしユリコーンの体全体に塗るとなると思ったより香水の消費量が多そうだ。

「もっと作っておくか」

「そうですな。これではすぐになくなってしまいますぞ」

僕は追加で二十本ほどの香水をクラフトしておく。

「これくらいあれば十分だろ。さて次だ」

僕は次に体質改善薬をクラフトしていく。

飲みやすい錠剤の形でクラフトし瓶に詰めこんだ後、同じようにコルク栓で閉めていく。

ふと思ったが、どう見ても馬なユリコーンが、自分の力でこの瓶の蓋を開けて中の薬を飲むことはできるのだろうか。

後でユリコーンとテリーヌに相談して、もし無理そうなら容器を作り直すしかないな。

僕はとりあえず今のところはそのままコルク栓だけにしてテリーヌに声をかけた。

「テリーヌ。薬のほうもできたけどどうする?」

「でしたら十粒ほど聖獣様に飲ませてあげてください」

「十粒で良いんだな」

「はい。毎日一回、十粒を一月ほど飲み続ければ完全ではありませんが、ある程度の効果が出るはずです」

僕は一度閉めたコルク栓を抜いて、手のひらに十粒の薬を出す。

そして水の入ったコップをクラフトすると、それを持ってユリコーンの前に立つ。

「聖獣様、薬です」

『かたじけない、では口の中に入れてくれるか？』

そう答えたユリコーンが開いた口の中に、僕は錠剤を十粒全て放り込んだ。

「水も入れますから、一緒に飲みこんでくださいね」

『あぐあぐ』

無理に返事しようとしなくてもいいのにと思いながら、コップの水を口の中に入れると、ユリコーンは口を閉じ一気に薬を飲み込んだ。

『少し苦いな』

「良薬は口に苦しって言うでしょ」

『それはお主の国の言葉か？　まぁ、意味はわかるが――ん？　終わったのか？』

「はい、お体のほうはこれで終わりです」

どうやら香水の体への塗り込み作業も終わったようだ。

のこるは首から上と角を残すのみ。

『それでは残りも頼む』

「それではレスト様、場所を変わっていただけますか」

「了解」

「あとコリトコのために踏み台を一つ作ってそこへ」

「踏み台？　ああ、コリトコの背丈だと首を下げてもきついのか」

僕はテリーヌの指示通りに踏み台を作ると、コリトコが早速上に登って聖獣様の顔に手を伸ばした。

『あまり動くと落ちるぞ』

「大丈夫だよ。さぁ聖獣様、頭を下げてくださーい」

『こ、こうか』

コリトコの前でゆっくりと頭を下げていくユリコーンの横でテリーヌが香水をコリトコの手に付ける。

そしてちょうどユリコーンの頭がコリトコの顔の辺りまで下げられると――

『んほぅっー!』

コリトコが香水にまみれた両手でユリコーンの角をいきなり無造作に掴んだ。

突然の刺激におかしな嬌声を上げたユリコーンに驚いたのか、コリトコは慌てて手を離すと頭を下げた。

「ご、ごめんなさい。痛かったですか?」

どうやら強く握りすぎたせいで、ユリコーンが痛がったのだと思ったらしい。

『い、いや。突然角を握られて驚いただけだ』

ユリコーンはそう言い繕うと、隣に立つテリーヌに目線を向けて口を開く。

『乙女よ。お主が角に香水を塗ってくれるのではないのか?』

「はい。コリトコがどうしても聖獣様の大事な角は自分がやりたいと言うものですから」

『……そうか……コリトコよ』

「なあに？　聖獣様。あっち頑張るよ！」

『……ああ……お主が頼りだ。優しく頼むぞ』

コリトコはユリコーンのその言葉をそのままの意味で受け取ったのだろう。

満面に嬉しそうな笑顔を浮かべながら、今度は優しくゆっくりと丁寧に香水を塗り込んでいった。

それから少しして、全て塗りおえたコリトコが台座からぴょんと飛び降りる。

「これで後は少し香水の香りが馴染むのを待てば終了ですわ」

テリーヌはそう言ってコリトコと自分の手を水筒の水で洗った。

【 エピローグ 】

みんなで前に進もう！

『これが……我の香り……』

テリーヌの指示に従ってコリトコがユリコーンの首から上全てに香水を塗り込み終わってからしばらく経った。

最初はかなり強かった香りが徐々に収まっていくと、誰もが優しく爽やかだと感じるであろう香りのみが残った。

「聖獣様、とっても良い匂い」

「本当にあれだけきつかった獣臭が消えている。不思議だ」

「これは驚きですな。無理矢理に強い香りで誤魔化しているわけでないというのに、不思議なものです」

僕たちは代わる代わるユリコーンの体に近寄っては、匂いを嗅いで感想を述べていく。

端から見るとそれはかなり失礼な行為に違いない。

だけど、匂いを嗅がれている当人はとても満足げな顔で、ぶるるっと鼻を鳴らして喜んでいた。

『して、この香水の効果はどれほど続くのだ？』

「そうですね、塗り続ければ徐々に効果は伸びていくと思いますが最初は一日くらいでしょうか。なのでしばらくは毎日塗り込んだほうが良いと思います」

『一日か……問題は自らの力ではこの香水を塗ることができぬということだが』

「それに体質改善薬も、あのままでは聖獣様ご自身では飲めませんわね」

「僕たちもずっとここにいるわけにはいきませんからね。なので――」

僕はここぞとばかり、さっきから考えていた提案を口にした。

それはユリコーンだけでなく、僕たちとコリトコにとっても必要な計画であった。

「――という提案なのですが。僕たちにとっても聖獣様にとっても悪い話じゃないと思うんですよ」

『ふむ、その手があったか。たしかに今の我ならなんとかなるかもしれぬし、それにお主たちにも礼をせねばならぬしな』

「お願いできます?」

『うむ、まかされよう。しかし、我の言葉をその村人たちは本当に聞いてくれるだろうか?』

ユリコーンは少し不安げにコリトコを見ながら、心配事を口にする。

それに対してコリトコは大きく頷き返すと「村のみんなが聖獣様の言葉を聞かないはずはないよ」と大きな声で答えたのだった。

「はい、決定! それじゃあ聖獣様、よろしくお願いしますね」

『……しかたないのう』

「それじゃあみんな、コリトコの村へ向けて出発だ!」

「「「おーっ」」」

『ワフンッ!』

そうして僕たちは、悩みを解消したユリコーンと共にコリトコの村へ向かって歩き出した。

その先に予期せぬ出会いが待つとも知らずに。

【閑話】
悲しみの先に笑顔があると信じよう！

あの日、あっちが初めてめまいで倒れたのはコーカ鳥の世話をしている時だった。

最初一体何が起こったのかわからなかったけど、気がついたら家の布団で横になっていた。

心配そうにあっちの顔を覗き込んでいた妹のメリメは、あっちの目が覚めたのに気がつくとすぐにお父さんを呼びに家を出て行く。

そんな姿を見送ったあっちは、一体自分に何が起こったのかわからなかった。

慌てたように家に帰ってきたお父さんは、なぜか青ざめた顔をしていて。

そして、こっちもなぜかわからないけど村長の爺ちゃんもその後に続いて家にやってきた。

「あれ？　村長の爺ちゃん？」

あっちは布団から体を起こすと、お父さんと同じように今まで見たこともないような顔をした村長の爺ちゃんを見上げる。

お父さんはあっちに「大丈夫か？」と聞いてきたけど、その時のあっちはいつもと変わらないくらい元気で。

むしろどうして布団に眠らされていたのかもわからないくらいだった。

「うん。あっちどうかしたの？　コーカ鳥の世話をしてたところまでは覚えてるんだけど」

「お前はな、倒れたんだ」

「倒れた？」

「ああ。もしかしたら病気かもしれないと思ってな。それでお父さんは病気に詳しい村長を呼んできたんだ」

そっか。

前に死んだお婆ちゃんに聞いたことがある。

あっちたちレッサーエルフはめったに病気をしないらしい。

たしかにあっちも妹も、村の人も病気にかかったという話は聞いたことがなかった。

だけど……。

「病気って、死んじゃうんでしょ？」

「……まだ病気と決まったわけじゃない。ただ単に疲れていただけかもしれないだろ。最近お前は働き過ぎていたからな」

お父さんはそう言ってあっちの頭を撫でると、後ろで待っていた爺ちゃんに「それじゃあ頼みます」と頭を下げて場所を入れ替わった。

いつもは優しい笑顔を浮かべている爺ちゃんなのに、そのときは全然笑っていなかった。

今考えるとお父さんから話を聞いたときにはもう、あっちがスレイダ病にかかっていることを見抜いていたのかも。

「それじゃあコリトコ。服を脱いで背中を見せてくれるかのう」

「うん。わかった」

あっちは上着を脱ぐと布団の上で爺ちゃんのほうに背中を向けた。

爺ちゃんは不思議な力で人の体の中を流れる魔力……とかいうものの流れがわかるらしい。

そして病気の人はその流れがおかしくなっているのがわかるのだとか。

「……コリトコや。もう服を着て良いぞ。それとトアリウト、ちょっと外で話をせぬか？」

「……はい」

トアリウトというのはお父さんの名前だ。

「それじゃコリトコ。お父さんは少し村長と話をしてくるからお前は無理をせず横になって休んでなさい。あとメリメはキオルキくんの家に遊びに行っておいで」

「はーい」

「わかった」

キオルキはメリメより少し年下の男の子で、いつもメリメに無理やり引っ張り回されている気の弱い子だ。

多分これから今日も彼はメリメ相手に大変な目に遭うに違いない。

あっちはそんなことを考えながらもう一度布団に横になる。

疲れているとお父さんは言ったけど、確かに最近は働き過ぎだったかもしれない。

それもこれも、少し前からコーカ鳥の言葉がだんだんとわかるようになってきて、相手をするのが楽しくなってきていたせいだ。

『倒れたって聞いたけど大丈夫？』

玄関からお父さんと入れ替わりに入ってきたのはエヴォルウルフのファルシだった。

子供の頃に親に見捨てられていたところをお父さんが拾ってきて、あっちやメリメと一緒に育ってきた兄弟のような魔物。

朝から姿が見えないと思っていたら、どうやら森の奥で狩りをしてきたらしく、体中に枯れ草がまとわりついている。

「美味しい餌は食べられた？」

『ファルシ、ウサビを二匹捕まえられたよ』

「そっか。それは良かった」

あっちはファルシとは普通に会話ができる。

それは一緒に育ってきたからというだけじゃない。

なぜなら村の中でも魔物と言葉が通じるのはあっちのお父さんとあっち、そして妹のメリメだけだからだ。

お父さんが言うにはお婆ちゃんも同じような力を持っていたらしいけど、おじいちゃんは普通の人だったという。

なのであっちらはお婆ちゃん似なんだねって言ってよく笑ってたっけ。

『コリトコのために美味しいもの狩ってくる？』

「いや、いいよ。もう本当になんともないんだ」

心配そうに鼻をこすりつけてくるファルシの頭をあっちは横になりながら撫でてやった。

そうするとファルシはそのままあっちに添い寝するように転がった。

『無茶しないで。ファルシ心配したよ』

「うん。これからは気をつけるよ」

あっちとファルシはそれから、今日の狩りのことやコーカ鳥のこと、妹に振り回されるキオルキの心配とかいろいろ話をした。

そして気がつくとあっちは眠ってしまっていた。

それがあっちが村で眠る最後の日になるかもしれないと、漠然と不安を感じながら……。

＊　＊　＊

翌朝あっちは、まだ夜が明けきらないうちに村の集会場にお父さんに連れられてやって来ていた。

ああ、やっぱりか。

あっちの心はその時には既に何がこれから行われるのかを理解していた。

『村の掟』

それは、あっちらレッサーエルフの民がその種を守るために代々受け継がれてきた不可侵な掟。

例え村長であろうと、それが年端も行かぬ女子供であろうと守らねばならないものだと、小さな頃から教えられてきた。

「やっぱりあっち、病気だったんだね」

「……」

無言であっちの手を引くお父さんが、あっちの手を握る力を強める。

「痛いよ」

「ああ、ごめんなコリトコ……」

お父さんの声が、いつもと違ってなんだか今にも泣き出しそうに聞こえ。

あっちは「大丈夫だよ」と意味のない言葉をつい言ってしまった。

やがてたどり着いた集会場には、村長の爺ちゃんの他にもこの村のお年寄りがほとんど集まっていた。

そして全員があっちに向かって涙を浮かべて頭を下げる。

「掟……だもんね。うん……大丈夫。あっちはもう大人だから。仕事だって……もう……」

強がっていた。

だけど、何かを口にする度にどんどんその強がりが剥がれていって。

最後には大声で泣いてしまったんだ。

泣いちゃダメだって。

お父さんたちを心配させるだけだから絶対泣かないって決めていたのに。

「コリトコ……すまない……すまない……」

泣きじゃくるあっちを、お父さんが謝りながら大きな体が抱きしめてくれる。

しばらくぼくはその体にしがみつくように泣いて、そしてやっと落ち着くと村を出る準備を始めた。

といっても旅支度は既に村長たちが調えてくれていたようで、数日分の食料と旅に使う道具が入ったリュックを受け取ると、あっちは村の出口に一人向かった。

ここからは誰ももう助けてはくれない。

病気が悪化して、村中に病気をまき散らすようになる前になるべく遠くへいって……そして一人で死ぬのだ。

「さようなら。お父さん……メリメ……みんなは元気で生きて……」

村の出口で振り返り、あっちはそう呟くと森に向けて歩き出す。

最初の目的地はこの道をしばらく進んだ先にある聖なる泉だ。

そこには聖獣様がいて、この村の周りと聖なる泉の周りに凶暴な魔物が出ないようにいつも見守ってくれている。

あっちも一度だけその姿を見たことがあるが、額から生えた立派な一本角を今も鮮明に覚えている。

そしてその体はうっすらと淡いピンク色に包まれていて、泉で遊んでいたお姉ちゃんたちを慈しむような瞳でじっと見つめていたっけ。

「でもあっちがお姉ちゃんの所に行ったら、途端にどこかに消えちゃったんだよなぁ」

それ以来あっちは聖獣様の姿を見ていない。

けれどあの泉の周りは今でも凶暴な魔物は出ない。

あっちは一旦そこまで歩いてから泉の水を汲んで次の行き先を決めるつもりだった。

『まってー!!』

だけど歩き始めてしばらくした頃、後ろからそんな声が聞こえてきた。

この声はファルシだ。

あっちは立ち止まって振り返ると、その胸にファルシが勢いよく飛びついてきて一緒に倒れ込んでしまう。

そのままペロペロと顔を舐めるファルシを無理やり押しのけるとあっちは言った。

「どうして来ちゃったんだよ」

あっちはファルシは村に置いてくるつもりだった。

これから森の奥深く。危険な場所に死にに行くあっちに付き合う必要はない。

『ファルシを置いていくなんて絶対ダメ』

だけど、どれだけ説得してもファルシはあっちに付いてくると言う。

あっちはファルシの必死さに遂に根負けすると、共にゆくことをゆるすことにした。

「でもあっちが死んだら、その時は村に戻るんだよ」

『……わかった』

これからあっちは自分の命が病気に冒されて死ぬための旅を始める。

それはたった一人の寂しい旅だと思っていた。

だけど、ファルシのおかげでもしかするとこの最後の旅は少しくらいは楽しいものになるかもしれない。

「じゃあまずは聖なる泉に行くよ」

『あのおかしな臭いのする聖獣さんがいるところだね』

「おかしな臭い？」

『何かいろいろ混ざったみたいな臭いがするんだ』

「あっちは聖獣様を近くで見たことがないからわかんないや」

『ファルシは鼻がいいから遠くてもわかるんだ』

「そうなんだ。でももし聖獣様に会えたら、お別れの挨拶もしたいな」

そしてあっちは弟ファルシと共に死出の道を歩き出した。

この道の先に待つ出会いが、あっちたちに奇跡をくれるなんて知らず。

「あっちはもう泣かない！」

その誓いを破った涙が、とても温かいものであるなんて想像することもなかったのだった。

【特別エピソード】
アグニとフェイルのお留守番

「レスト様、いつ帰ってくるですかぁ？」

「……そんなのわからない」

「むぅ。コリトコくんの村に向かってからもう何日も経つんですよぉ。せめて連絡くらいくれてもいいと思うですぅ」

「……連絡を取る手段、決めてない」

朝食を終えた二人の留守番メイドが食後の紅茶を飲みながら、連絡もなく帰ってもこない主人の話をしている。

広い領主館に二人きりの生活に、机に突っ伏しているメイドのフェイルは飽きていた。

「……でも帰ってきたらまずアレを修理してもらわないと」

もう一人のメイドであるアグニの視線が示す先。

そこには箱が一つ置かれている。

その中には食器の破片が詰め込まれていた。

「ううっ。フェイルはただ手伝いたかっただけなのですぅ」

「……それで余計な仕事を増やされては困る」

レストたちがコリトコの村に向かって旅立った翌日。

フェイルは「あたしもレスト様のために卵料理を覚えたいです！」とアグニに頼み込んだ。

多分、テリーヌの卵料理を幸せいっぱいの顔で食べていたレストの姿が忘れられなかったのだろう。

日頃は料理の手伝いすら面倒臭がるというのに。

アグニは、これを機にフェイルが本格的に料理に目覚めてくれるかもしれないと淡い期待を抱きながらその願いを聞くことにした。

「……ですが貴女の鈍さを自分は過小評価していました」

「どういう意味ですぅ？」

「……言葉通りの意味よ」

アグニは大きく溜息をつく。

そしてもう一度だけ箱に目を向けるとがっくりと肩を落とした。

「……貴重なコーカ鳥様の卵を割ろうとして、食器のほうを割るとは思いませんでした」

「だってアグニもテリーヌもボウルの角でコンコンッって卵を上手に割るじゃん？　それを真似しようとしただけだよぉ」

フェイルは手際よく卵を割る二人の姿を思い出して真似ようとした。

真似ること自体は悪くない。

何事も最初は模倣から始まるものだ。

「……真似……あれが？」

キッチンの上に置いた陶器製のボウル。

フェイルはその角に向けてかなりの勢いで力一杯卵を叩き付けたのだ。

コーカ鳥の卵は、鶏の卵と違い大きさだけでなく殻の硬さも数倍以上。

そんなものを力任せに叩き付ければ、陶器がどうなるか火を見るより明らか。

結果、キッチンの中は割れたボウルの破片と、四方に飛び散った卵で大惨事になってしまったのだ。

「だって……テリーヌにできるなら私にもできるって思っちゃったんだもん」

たしかにテリーヌは他のことは器用にこなせるのに、不思議なくらい料理に関しては不器用であった。

彼女が普通に卵料理以外を作ろうとしたあとの惨状は、フェイルより酷い。

なので、下準備以外の調理をアグニはテリーヌに任せることはほぼなかった。

しかしなぜかテリーヌの卵料理だけはアグニよりも美味しいものができるのだ。

もちろんアグニもそのテリーヌを真似ていろいろ試したが、どうしても彼女を超える卵料理ができないでいた。

「……あれは特別な才能。良くも悪くも」

「フェイルには才能がないってこと？」

「……少なくとも料理と仕事に関してはほとんどない……それは保証する」

アグニの容赦ない言葉に、その場に崩れ落ちるフェイル。

そんなフェイルを見下ろしながらアグニはテーブルの上のティーセットを片付け始めた。

「……いつまでも落ち込んでないで食器の片付けを手伝いなさい」

「わかったですよぅ」

そうして片付けを終えた二人がこれから向かうのはコーカ鳥の鶏舎だ。

いつもはコーカ鳥を見るとアグニは興奮して飛びかかりコーカ鳥たちが怯えるので、フェイルが一人で餌やりから鶏舎の掃除まですることになっている。

だけど今日はアグニにどうしてもとせがまれ、遠くから鶏舎の庭にいるコーカ鳥たちを眺めるだけならと同行を許したのである。

それもこれも、卵料理を教えてもらうために仕方がないこと。

フェイルはそう思いながらも、アグニに釘を刺しておくのを忘れない。

「いいですがアグニ。絶対に鶏舎には近づかないでくださいですよ。ましてや鶏舎に忍び込んで鳥さんに抱きついちゃだめですからね。わかったですか?」

「……そんなこと言われなくてもわかってる」

「本当です?」

フェイルは疑わしげにアグニの顔を覗き込む。

前科があるので、アグニの返事を鵜呑みにするわけにはいかない。

なので鶏舎へ向かう道すがら何度も同じ注意を繰り返す。

「絶対に。絶対にダメですからね」

「……しつこい」

「レスト様とコリトコくんが留守の今、もし鳥さんが暴れて鶏舎を壊して逃げ出したら大変なことになるですよ」

かなり頑丈に作ったとは聞いているが、それでも魔物であるコーカ鳥の親鳥なら簡単に破壊してしまうだろう。

それに、コーカ鳥が暴れた時に落ち着かせることのできるコリトコもいないのだ。

慎重に慎重を重ねても足りないくらいだとフェイルは思っていた。

「はぁ……本当ならこういう役回りはアグニの分担ですのに」

「……つまりコーカ鳥の世話役を私と代わってくれると？」

「それは絶対にないですっ」

アグニが重度のモフリストだとわかった今、彼女にもふもふなコーカ鳥の世話を任せるわけにはいかなかった。

なにせ初めてコーカ鳥を見たアグニの痴態についてレストから聞かされていたうえに、その後も何度も鶏舎の外から涎《よだれ》を垂らさんばかりにコーカ鳥を見つめるアグニの姿を見てきたのである。

今のところはレストの言いつけを守り、鶏舎の中までは侵入してきてはいなかったが、それも時間の問題だとフェイルは感じていた。

「いいです？　今は少しずつ鳥さんたちをアグニに慣れさせるためにあたしは頑張ってるです」

「……わかってる」

「その目は絶対わかってないです。昨日もそう言ってフェイルが見てない間に鶏舎に忍び込もうとしてたです！」

「……あれは偶然。そう、偶然歩いていたら鶏舎の入口についただけ」

「何をどうすれば偶然鶏舎の前に着くですか」

フェイルは大きくため息をつくと鶏舎から少し離れた場所に、前日のうちに用意しておいた箱を指さした。

「……あれは何？」

「アグニのためにあたしが廃材で作ったコーカ鳥の観察所です。あそこからなら鶏舎の庭が見えるです」

フェイルはここ数日、何度言っても聞かないアグニの突飛な行動を見張りながらの作業に辟易していた。

なので、いっそ隔離するよりは、少しだけでもアグニの高ぶる思いを消化させられるようにとこの方法を思いついたのである。

もちろん直接触らせたり、野獣のような欲望に満ちた顔をコーカ鳥に見せるのはまだ危険を伴う。なので観察所という名の箱には覗き穴だけが開けられていて、コーカ鳥も中にアグニがいるとは気が付かないように工夫してあった。

しかも外から鍵をかけることができるから、フェイルが世話をしている間に勝手に抜け出して鶏舎にアグニが近寄るということも防げる。

「……フェイル。ありがとう」

「どういたしましてです。さぁ、さっさと中に入るですよ」

フェイルは感謝の視線を向けるアグニに僅かに罪悪感を覚えつつも、彼女を箱の中に誘導して外から鍵をかけた。

「それじゃあ、そこから大人しく見てるです」

「……わかった。ちょっと遠いけどよく見える」

フェイルが確かめるように箱に向けて言うと、中から爛々と輝く目と返事が返ってきた。

少し恐怖を覚えながらも作戦が成功したことに満足したフェイルは、そのまま鶏舎へ向かうことにした。

「みんなー、ご飯の時間だよー」

鶏舎の外で、コーカ鳥に与える飼葉や飼料を準備してから中に入る。

これらはレストが旅立つ前に、鶏舎の隣に作った倉庫に山積みに置いていってくれたものだ。

「それにしても子供たち、本当に急に大きくなったですね。レスト様が帰ってきたらびっくりするですよ」

中に入ると、鶏舎の中や庭で遊んでいたコーカ鳥の雛たちが一斉にフェイルに気がついて近寄ってくる。

その姿はレストたちが初めてコーカ鳥の雛を見つけたときとはかなり違っていた。

出会った頃は、フェイルの頭ほどの大きさしかなかったが、レストが旅立つ少し前から目に見えて成長し始めたのである。

そして全ての雛たちは、今ではフェイルの背丈に届くほどに成長していた。

「コリトコが言ってたことは本当だったですね」

コリトコが去り際に、彼に代わってしばらくの間コーカ鳥の世話係となるフェイルに言い残していったことがある。

コーカ鳥の雛は、自分の住処が居心地の良い安全な場所だと認識すると、成長速度が爆発的に上がるらしい。

そんなことで成長速度が極端に変わる生き物なんて聞いたことはない。

実際、レストたちが旅立つ前になってもコーカ鳥の雛たちはそれほど成長していなかった。

コーカ鳥の様子を見たコリトコは旅立つ直前まで「親鳥も雛鳥も、ここは居心地が良いって言ってるからすぐに成長するよ」と言っていたが、皆半信半疑のまま旅立ちの日を迎えた。

だが、彼らが旅立って二日後、フェイルがアグニにいつものように「絶対きちゃだめですよ」と言い残して鶏舎に向かったとき、コリトコの言葉が嘘でないことを知った。

雛鳥たちはレストが旅立った日に比べ明らかに大きくなっていたのである。

フェイルが前日最後に餌やりに訪れた時はまだ目に見える変化はなかった。

つまり、たった一日で大きくなったのがわかる程度に成長したということだ。

さすがにその姿を見ては、フェイルもコリトコの言葉を信じざるを得ない。

レストから「もしコリトコの言っていることが本当で、成長した雛鳥が危ないと感じたら、コーカ鳥を鶏舎から解放して屋敷に籠もってもいい」と言われてはいた。

しかし、結局成長した雛鳥たちは、暴れるどころか逆にフェイルにだけはどんどん甘えるようになったのである。

そう、フェイルにだけは――。

「お前たち、餌はまだまだ一杯あるですから慌てないで順番に食べるです！」

雛鳥とはもう言えないほどに大きくなった鳥たちに埋もれながらフェイルはそう叫ぶ。

「こんな姿、アグニには見せられないです」

外ではなく室内で餌やりをするのは、別にもみくちゃにされているのを見られるのが恥ずかしいからというわけではない。

アグニがこんな場面を見たら「自分も仲間に入れてー!!」と突進してくる可能性があるからである。

しかしフェイルには異様に懐き始めた雛鳥たちも、未だにアグニには警戒心むき出しのまま。

どうやら余程最初の印象が悪かったのだろう。

なのでフェイルとしてはゆっくりと雛鳥たちをアグニに慣れさせるしかないと思っていた。

「順番！　順番です！　もう餌やらないですよ！」

せっかく朝整えたばかりの髪型をぐちゃぐちゃにされながら、フェイルが餌やりを終えて暫く。

その間にも満腹になった雛鳥たちは、満足げな顔で日向ぼっこのために鶏舎の外にある庭へ次々と出て行き、最後に残ったのは親鳥だけとなった。

親鳥は子供たちが全て食べ終わった後に、いつもゆっくり近づいてきては最後にご飯を一羽で食べるのである。

「足りなかったら追加するですからね」

『コケー』

コリトコと違い、フェイルに魔物と言葉を交わす力はない。

しかし鳥たちの世話をしている間に、なんとなく意思の疎通ができるようになっていた。

といってもフェイルが一方的にそう思っているだけかもしれないが。

「それじゃああたしは庭に行って子供たちの様子を見てくるですね」

『コケコケ』

母鳥の餌が十分あることを確認して、フェイルは外の様子を見に行くことにした。

いつもはこっそり柵を乗り越えようとしてくるアグニを追い返すためにやっていたことだが、今日は観測所という檻に閉じ込めてあるので安心なはずであった。

だが——。

『ピピーッ！』

『ピーッ！』

庭に向かう途中、その庭のほうからけたたましい雛鳥たちの鳴き声が聞こえてきたのである。

「何があったですか！」

フェイルは慌てて庭に向けて駆け出した。

レストとコリトコから任されたコーカ鳥たちに何かあったとしたら、彼らに顔向けができない。

一応この周りに強い魔物はいないことはレストとキエダが調べて回って確認はしてあるものの、どこからか今までいなかった魔物がやってくる可能性は否定できない。

「魔物だったら戦うことになるですね。あたしにやれるですかね」

フェイル自身は魔物と戦うことが苦手だが、キエダたちに一応戦い方は教えてもらっている。

それに――

「いざとなったらアグニがいるです」

そう、アグニならよほど強力な魔物でもない限りは倒せる。

実際に彼女が戦っているところをフェイルは見たことはないが、旅立つ前にキエダが「アグニには戦闘の技術を仕込んでありますので、何かあったらアグニに頼るように」とまで言い残していったのだ。

フェイルが知る限り最強の戦士であるキエダが認めたほどのアグニが、そんじょそこらの魔物に負けるわけがない。

「と思いたいですが……」

急いで走るフェイルの脳内に、コーカ鳥を見て涎を垂らす情けない顔の同僚が一瞬浮かんだ。

「だ、大丈夫ですよね？　それに母鳥さんも強いですし」

だが、その後を本来なら一番心配して追いかけてくるはずの親鳥の姿がないことにフェイルは気が付かない。

「みんな大丈夫ですかっ!!」

途中に立てかけてあった箒を拾って振りかぶりながら外に飛び出したフェイル。

だが、彼女の足は目の前の光景を見て止まってしまった。

『ピピーッ！』

どす、どす、どすっ。

『ピピピピッ』

びょん、びょん、びょん。

庭の中。

逃げ惑う雛鳥たちを追いかけていたのは大きな一つの箱だったのである。

「――何をしてるです！！！」

バキィッ！

箱が飛び跳ねながら雛鳥を追いかける光景に、一瞬唖然としてしまったフェイルだったが、現状を認識すると同時に振り上げていた箒を箱に向かって勢いよく振り下ろした。

「あれほどっ、おとなしくっ、してって、言ったですのにっ」

一言ごとに箒を箱に叩きつけるフェイルと、それを避けようとする箱。

だが、箱の狭い視界と機動力では避けることもできない。

箱と少女――アグニとフェイルの一方的な戦いはそれから暫く続いた。

やがて食事を終えた親鳥がゆっくりと遅れてやって来た頃、動かなくなった箱の上に馬乗りになったフェイルが勝ちどきを上げた。

「アグニを倒したですぅ！」

『ピピーッ』

『ピピピッ』

それに合わせ同じように周りの雛鳥たちが喜びの声を上げ飛び跳ね出した。

しかし、嬉しそうに飛び跳ねる雛たちの中で、一羽だけ他とは違う反応を見せている雛鳥がいた。

『ぴ？』

その雛鳥は喜びの舞を披露している兄弟姉妹たちを押しのけ箱に近づくと、その箱に開いている覗き穴にいきなり嘴《くちばし》を突っ込んだ。

「むぎゅ」

箱の中からアグニのそんな声が聞こえた。

どうやら嘴が顔に届いたらしい。

そんな声が聞こえたせいか、近くで飛び跳ねていた雛鳥たちが慌てたように離れていく。

「アグニ、怖がられすぎです。でもこの子は逃げないですね」

『ぴっ』

「むぎゅ」

『ぴっ』

「むぎゅ」

何度も何度も嘴を突っ込んでは反応を楽しんでいるように見える雛鳥を見て、フェイルは一つの可能性が頭に浮かぶ。

「ありえないとは思ったですが。確かめてみるです」

そしてその可能性を確かめるために、持っていた鍵を鍵穴に差し込み箱を開いた。

「ううっ」

中には目を回したアグニがぐったりと横たわっている。

モフモフ天国が目の前にあるというのに、とてもではないが飛びつく気力はないようだ。

「これなら安心です」

フェイルはそれを確認すると、箱の中からアグニを引っ張り出し地面に横たえる。

『ピピピッ』

一斉に庭の隅に逃げていく雛鳥たち。

しかし例の一羽だけは逃げず、むしろ引きずり出されたアグニの側に近寄っていく。

「……ううっ、フェイル、酷い」

「酷いのは約束を守らなかったアグニです。それよりもこの子、アグニが気になるっぽいです」

フェイルのその言葉に、まだ虚ろな視線をアグニは彷徨わせ、自分の顔を突こうとしている雛鳥を見上げた。

『ぴぴ』

「……あなた、逃げないの？」

『ぴぴぃ』

「……どうして……あっ」

戸惑っているアグニの言葉を遮るように、雛鳥はその柔らかい羽毛に包まれた体をアグニに寄せた。

突然のことにアグニが目を白黒させていると、フェイルがアグニの顔を覗き込みながら言った。

「この子、アグニのことが好きみたいです」

「……自分のことを……好き？」

『ぴぴ』

「ほら、嬉しそうな声を出してるです。撫でてやるといいです」

フェイルは未だ信じられないといった表情のアグニの手を取って、そのまま雛鳥の羽毛を撫でるように動かしてやる。

ゆっくりと優しく。

『ぴぴぃ』

「ほら、喜んでるです。信じられないですが、この子はアグニが好きみたいです。信じられないですが」

内心かなり驚いていたフェイルは、つい二回同じことを口にしてしまったが、夢見心地なアグニはそのことに気が付かないまま雛鳥を撫で続ける。

『ピピ』

『ピ』

その姿を見て興味を持ったのか、あれだけアグニを嫌っていたほかの雛鳥たちもゆっくりと近づいてくる。

やがて姿を見せるだけで警戒されていたアグニの周りを、全ての雛鳥たちが取り囲む。

フェイルはそんな雛鳥たちを見て、今までゆっくりと慣れさせるように努力してきたのも無駄ではなかったと、胸をなで下ろした。

「よかったです」

『コケッ』

いつの間にかフェイルの近くにやって来ていた親鳥が優しい鳴き声を上げる。

どうやら彼女は、既にアグニが危険なものではないと理解していたようだ。

だから雛鳥たちの鳴き声を聞いても慌てていなかったわけである。

「これであたし一人で仕事しなくて済みますです。今まで一人で鶏舎の世話を全部するのは大変だったです」

その日、コーカ鳥たちに認められたアグニは、フェイルに鶏舎の世話を全部押しつけられることになるのだが……。

「……お前たちっ、もふもふで温かいな」

幸せそうに笑う彼女の笑顔が曇ることはなかった。

後日、アグニに最初に懐いたコーカ鳥の雛は『アレクトール』と名付けられ、彼女を背に乗せ島中を駆け回る存在となるのだが、それはまだ少し先の話である。

《了》

あとがき

サーガフォレストの読者の皆様、はじめまして。

この度、縁あってこちらでこの【クラフトスキル】を出版させていただくことになりました長尾隆生と申します。

別の書籍には後書きがないので、後書きを書くのは実に一年以上ぶりになるので緊張しますね。

Ｗｅｂ版をお読みの方は気がつくと思いますが最初から大量の加筆・修正しております。

あちらがα版、こちらが製品版というくらい設定も修正や変更があります。

そして描写などもかなりブラッシュアップしております。

ですのでＷｅｂを見てるから「あとがき」だけ読んでみるかと思ったあなたも、このままレジへ向かっていただけると幸いです。

この作品を書こうとした切っ掛けは、別の出版社様で出させていただいている作品を書いている時に『主人公の能力に制限をつけすぎて主人公を活躍させるのが難しいな』と思ったからなのです。

ですのでレストのクラフトはなるべく制限のないようにするつもりだったのですが、それだと本当になんでもできてしまうのと、素材がないのに作れるのはおかしいよねということで『素材』という縛りと『範囲』という縛りだけ付けました。

変な部分にリアリティを求めてしまうのは悪い癖だなぁと、大体どの作品を書いてる間も思ってしまうのですが、性分なのでしかたないですね。

さて、この【クラフトスキル】を書き始めた切っかけの一つはそれとして、もう一つはアイデアを書き連ねたものの中にあった『魔王のアイランド』という作品です。

タイトル先行の作品で、何パターンか設定を考えて数話書いてはお蔵入りするを繰り返していました。

今回の作品は最初は国の手の届かないような地方領主に飛ばされるという設定だったのですが、それだと今他で出している作品と被ってしまう。

でもなるべく国から手出しをされたくない。

そう考えた時にお蔵入りしていた『魔王のアイランド』が頭に浮かびました。

クラフトスキルの最初のタイトルが『魔王のアイランド』だったのはそのせいです。

大海原に浮かぶ、人類が寄りつかない巨大な島を舞台にすれば問題は解決するしインパクトもある。

というわけで【クラフトスキル】の舞台が決まりました。

しかし【クラフトスキル】はかなりのスローペースで話が進んでいるので、まだまだ淡路島ほどある巨大な島の半分も主人公たちは探索できていません。

残りの部分に何があるのか。

この島はいったいどうしてこんな変な形なのか。

外の世界には数少ない希少金属が大量にあるのか。

特異に進化した魔物がなぜいるのか。

それはこの先明らかになっていきますので、是非応援していただけますと幸いです。

◆◆◆　謝辞　◆◆◆

イラストを引き受けてくださいました、かれい先生。

素晴らしいキャラクターたちの生き生きとした姿を描いていただきましてありがとうございます。

他にはない唯一無二なイラストで、いの一番に「この方でお願いします！」と希望を伝えたのはよいものの、忙しい中難しいだろうなと思っていたのですが、受けていただけると聞いて一気にテンションが上がったのを思い出します。

これからもレストたちをよろしくお願いいたします。

編集様、サーガフォレストの関係者の皆様、他にも沢山のこの本に関わってくれた方々。

初期からクラフト系小説ということもあって応援していただいた某有名クラフトゲームプロゲーマーである今井三太郎先生。

ユリコーンのアイデアを膨らませる切っかけとなったS先生を始め多数の方々。

そしてこの本を手にしていただいた読者の方々。

皆様、ありがとうございました。

長尾隆生

魔王令嬢の教育係
1
新人
jin Arata
ill.巻羊
勇者学院を追放された
平民教師は魔王の娘たちの
家庭教師となる
問題だらけの
ひとつ屋根の下で
魔王令嬢たちと密着指導！
再就職先は5人の魔王令嬢の
家庭教師だった！
第8回ネット小説大賞
期間中受賞！
全国書店で好評発売中！
©Jin Arata

バートレット英雄譚
スローライフしたいのにできない弱小貴族奮闘記
2
上谷 岩清
Illustrator 桧野ひなこ
弱小貴族に降りかかる戦と引っ越し、
そして結婚!?
用無しになった少年、平和なスローライフのため東奔西走!
第8回ネット小説大賞受賞作
©Iwakiyo Kamitani

Ø2
魔物の国と裁縫使い
～凍える国の裁縫師、伝説の狼に懐かれる～
今際之キワミ
Illustration. 狐ノ沢
裁縫使い、魔物の国でお仕事スタート!
繊維ともふもふに愛される裁縫使いの繊維ファンタジー第2弾!
©imawano kiwami

スカーレッドG
Illust いの
ルイ16世に転生してしまった俺はフランス革命を全力で阻止してアントワネットと末永くお幸せに暮らしたい
俺はアントワネットを絶対に守る!!
第8回ネット小説大賞 受賞作品
©G Scarred

異世界領地改革
～土魔法で始める公共事業～
HOTEI SABUROU
布袋三郎
イラスト イシバシヨウスケ
1～2巻好評発売中!!
転生した世界で授かったのは
累計
10000000
PV!
土魔法と無限の魔力
公共事業で
みんなを笑顔に!
©Saburou Hotei

神域の魔法使い
3月14日連載開始！
雷帝と呼ばれた最強冒険者、
魔術学院に入学して一切の遠慮なく無双する
好評連載中！
2021年2月28日より連載開始！
-話題のコミック、今春より順次連載スタート-
コミックノヴァ新創刊
COMIC NOVA
ノヴァ

追放領主の孤島開拓記
～秘密のギフト【クラフトスキル】で世界一幸せな領地を目指します！～ 1

発　行

2021年5月15日　初版第一刷発行

著　者

長尾 隆生

発行人

長谷川　洋

発行・発売

株式会社一二三書房

〒101-0003　東京都千代田区一ツ橋2-4-3 光文恒産ビル

03-3265-1881

印　刷

中央精版印刷株式会社

作品の感想、ファンレターをお待ちしております。

〒101-0003　東京都千代田区一ツ橋2-4-3 光文恒産ビル

株式会社一二三書房

長尾 隆生 先生／かれい 先生

Printed in japan, ISBN 978-4-89199-701-4

※本書は小説投稿サイト「小説家になろう」（http://syosetu.com/）に掲載された作品を加筆修正し書籍化したものです。